这是一些语言和心灵的钻石
在时光的沉淀和洗礼中
变得更加璀璨夺目
阅读吧
让它们闪耀在你的精神世界

新课标经典名著

中国古代神话

佚名 著

邱诗 罗凡 改写

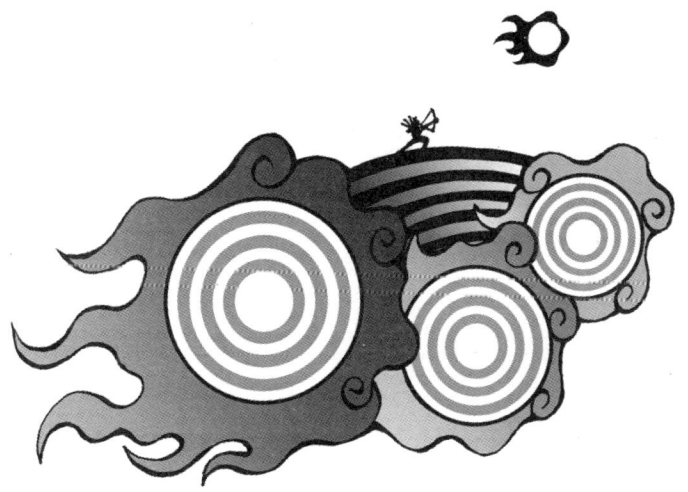

南京大学出版社

图书在版编目(CIP)数据

中国古代神话 / 佚名著；邱诗，罗凡改写. —南京：南京大学出版社，2015.1(2018.3 重印)
(新课标经典名著：学生版)
ISBN 978-7-305-14260-4

Ⅰ. ①中… Ⅱ. ①佚… ②邱… ③罗… Ⅲ. ①神话-作品集-中国-古代 Ⅳ. ①I276.5

中国版本图书馆 CIP 数据核字(2014)第 263631 号

出版发行	南京大学出版社
社　　址	南京市汉口路 22 号　　邮编　210093
出 版 人	金鑫荣
丛 书 名	新课标经典名著·学生版
书　　名	中国古代神话
著　　者	佚名
改　　写	邱诗　罗凡
责任编辑	岑励　蔡冬青
照　　排	南京理工大学资产经营有限公司
印　　刷	北京中印联印务有限公司
开　　本	880×1230　1/32　印张 9　字数 159 千
版　　次	2015 年 1 月第 1 版　　2018 年 3 月第 3 次印刷
ISBN	978-7-305-14260-4
定　　价	23.00 元

网　　址：http://www.njupco.com
官方微博：http://weibo.com/njupco
官方微信号：njupress
销售咨询热线：(025)83594756

＊ 版权所有，侵权必究
＊ 凡购买南大版图书，如有印装质量问题，请与所购
　图书销售部门联系调换

目录
CONTENTS

世界起源的故事

- 002　盘古开天辟地垂死化身
- 005　女娲造人
- 008　燧人钻木取火
- 010　女娲炼石补天
- 014　归墟五座仙山
- 017　神农尝百草
- 019　精卫填海
- 021　重和黎隔断天梯

五帝及相关故事

- 026 颛顼的儿孙们
- 029 门神神荼和郁垒
- 031 天乐《清角》
- 034 黄帝蚩尤之战
- 044 夸父逐日
- 047 披着马皮的蚕神
- 051 牛郎和织女
- 056 愚公移山
- 059 刑天舞干戚
- 060 参商不睦
- 062 后稷种五谷

065　节俭爱民的尧
067　尧传位于舜

羿和嫦娥的故事

072　羿射十日
076　羿为民除害
080　嫦娥奔月
085　宓妃慕羿
089　逢蒙害羿

鲧禹治水的故事

094　鲧盗壤生禹
098　大禹治水

103 禹娶涂山氏
106 水酉造酒
110 禹铸九鼎

山海经的故事

114 东方诸国
117 南方诸国
121 北方诸国
125 西方诸国

夏商周时代的故事

130 启夺帝位
134 后羿的传说

138　寒浞弄权
142　孔甲驯龙
147　夏桀弃贤
151　伊尹生桑
154　火神助汤
158　成汤求雨
161　傅说星
164　文王囚羑里
170　太公钓鱼
174　武王伐纣
179　穆王会王母
184　徐偃王避战
187　杜伯射周宣
190　烽火戏诸侯

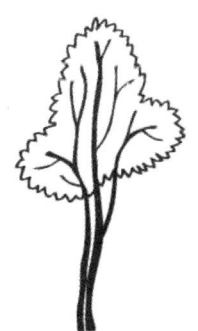

春秋战国时期的故事

- 196 碧血丹心
- 201 太子晋
- 206 异人公冶长
- 211 伍子胥出关
- 216 安期生成仙
- 221 孟姜女哭长城

八仙的故事

- 236 八仙过海
- 241 铁拐李成仙
- 247 吕洞宾舌战王母

253 蓝采和成仙
258 张果老倒骑毛驴
262 韩湘子戏皇帝
267 何仙姑落马桥

世界起源的故事

盘古开天辟地垂死化身

很久很久以前,世界上还没有天和地,整个宇宙就像一个巨大无比的鸡蛋,里面一片黑暗混沌。

在这片混沌中,我们的祖宗盘古沉睡着,也成长着。他睡了很久,足有一万八千余年。经过了漫长的孕育与沉睡,终于有一天,盘古醒了。他睁开双眼,却发现眼前一片漆黑迷茫,什么也看不见,整个世界压抑而沉闷。

初次醒来面对这样的混沌宇宙,盘古心中升起一阵气闷。他随手一伸,不知从哪里抓过一个大斧头,用力一挥,只听"轰隆"一声,这个"大鸡蛋"竟然奇迹般地裂开了!混沌一被打破,宇宙中的物质也开始运动起来。其中轻而清的东西,摆脱出来,徐徐上升,变成了蓝天;重而浊的东西,慢慢下沉,形成了大地。于是,天和地便这样产生了。

随着天地的形成，宇宙间的混沌也不复存在。但盘古担心天和地再次慢慢合拢，世界会重回混沌。于是，盘古站立起来，用头顶着天，脚踏着地，将天与地支撑开来。每一天，盘古的身体都会增长一丈，与此同时，天也每日增高一丈，地则每日增厚一丈。就这样，又过了一万八千年，天已经变得非常高，地也变得非常厚，盘古则变成了一个身长九万里的巍峨巨人，挺立在天地之间。

日复一日，盘古始终坚持在那里支撑着天地，也不知过了多久，天和地都生长得极为巩固结实了，盘古不需要再担心它们会合到一起。而这时，盘古也终于耗尽了力气，像座大山一般重重倒了下来，再也没能站起来。

临终之前，盘古的周身发生了巨大的变化。他口中呼出的气息，升腾变成了空中的风与云；他嘴里呢喃的话语变成了震天的雷霆；他的左眼变成了太阳，右眼变成了月亮；他的四肢和躯干，变成了大地上的四极和名山；他的血液变成了奔腾不息的江河；他浑身的筋脉变成了纵横发达的道路；他的肌肉变成了孕育生命的田土；他的头发和胡须变成了天上数不清的星星；他的皮肤与汗毛变成了五彩缤纷的花草树木；他的牙齿和骨头变成了温润的玉石、坚硬的石头、璀璨的珍珠；就连那看似最没用处的，他身上流下的汗，都变成

了滋润万物的雨露和甘霖。盘古去世了,整个世界却有了全新的开始。

就这样,我们的祖宗盘古开辟出了天地,用他自己的整个身体,化成了这个美丽而富饶的新世界。

女娲造人

自盘古开天辟地、垂死化身之后,这个世界花草繁盛、山河壮丽,鸟兽虫鱼也渐渐被孕育出来活动于天地间。然而行走在这片土地上的大神女娲,面对着这个世界,依然觉得有些荒凉和寂寞。这一片热闹之中,似乎总是缺少一种灵气。

一日,女娲来到水池边嬉戏。她蹲下身子,看了看自己在水中的倒影,心头一动,想了想,伸手挖了些池边的黄泥,沾着池中的水,仿照水中自己的形貌,用泥捏出了一个和自己长得差不多的小东西。说来奇怪,女娲将这个小东西放到地上,小泥团瞬间就活了起来,两手挥舞,两腿蹦跳,口中还咿咿呀呀地说着什么。

这个成活的小东西,就是人。和盘古化身而来的世界所孕育出的鸟兽虫鱼不同,人是由女娲神按自己的形貌亲手捏

制的,具有万物不能相比的灵气,也具有掌管这个宇宙的气魄。

看着眼前这个活蹦乱跳的小人,女娲非常满意,又继续用黄泥和水捏出了许许多多的小人。他们围着女娲欢呼、跳跃了一会儿,然后或成群结伴、或独自一人走向了世界的其他地方。女娲继续着她的工作,就不停地有小人伴着欢声笑语出现在她身边。女娲再也不觉得孤独了,心里充满了欣慰。这些小人就像她的儿女,而她的儿女正在慢慢走向整个世界。

可是这个世界毕竟太大,女娲为了让人类能充满整个世间,连续工作了很久,但离目标仍差很远。女娲决定试验一种更简便快捷的方法。她从山间崖壁上取下一根巨大的藤条,将大藤条伸进泥潭与泥浆充分混合,然后抽出挥向地面。霎时,千万个泥点从藤条上洒落,泥点落在大地上时,居然依然变成了呱呱叫着、手舞足蹈的小人!这个方法灵验,自然替女娲省去了很多功夫。每一次藤条挥舞,都有无数小人诞生,没过多久,世间便到处可见活泼可爱的小人了。

人类在大地上生活劳作,不久也终会有人死去。女娲考虑着,如何才能让人类可以一直在世间延续。于是,她把男人和女人配合起来,让他们繁衍下一代,养育新生命。这样人类的种子绵延不绝,人口也在慢慢增加,直至今日。

后世的人们把创造了人类的女娲奉为母亲一般的神祇，同时也奉其为高禖。高禖就是婚姻之神的意思。后来，女娲还兼任了送子之神，一些结婚后无子女的人来女娲神庙祭拜，求神赐予他们子女。因此，女娲也被人们亲切地称为"送子娘娘"。

燧人钻木取火

在上古时代,有一个叫遂明国的国家,坐落在大陆的西方。那里常年不见天日,太阳和月亮的光辉都无法照耀到,人们也分不清白天和黑夜。这个国家里有一棵很大很大的树,叫做"遂木"。这棵树遮天蔽日,枝干和树叶层叠交错,覆盖了一万顷的地面。

后来,有一个聪明人,周游世界,一直走到太阳和月亮都看不见的地方,也没停下脚步。最终他来到了这个国度,坐在这棵巨大的遂木下休息。

一进遂明国,这个聪明人就意识到了这是一个终年不见天日的国度,进入树林后,他便做好了迎接更黑暗的世界的准备。可出乎他意料的是,树林中竟然四处闪着美丽的火光,像宝石一样绚烂夺目。而看不见太阳和月亮的遂木国的国民,就靠着这些灿烂的火光劳作、休息。

这些火光是怎么来的呢，聪明人决定一探究竟。经过仔细观察，他最终发现了火光的奥秘。原来火光是一些背脊黑色、肚子白色、脚爪长长的长得像鸡的鸟儿啄树干造成的。这些鸟儿嘴壳又硬又短，啄树干时，用力的瞬间，树上就有火光发出。这个聪明人见到这个情景，突然间脑中灵光一闪，明白了得到火的办法。

他把遂木的枝条折下一些，然后用小一点尖一点的树枝，去钻大一些粗一些的树枝，果然，也有火光出现。但是，他试了几次，都只有火光，并未产生火焰。于是，聪明人开始尝试其他种类的树枝。虽然那些树枝比遂木树枝更硬一些，钻起来耗费的力气也更大，但是，他钻了一会儿，树枝就开始冒烟了，又过了片刻，真的有火苗从树枝头燃烧起来了！"取到火了！"聪明人兴奋得大叫，"这是真正的火！"

后来，这个聪明人结束漫游，回到自己的国家，把这套钻木取火的方法教给本国的人民。这样一来，人们可以按自己的需要随时升起火来，不必苦等天然雷火的到来，也不必小心翼翼地终年守着火堆唯恐熄灭。人们开始利用火做更多的事情，火的用途也越来越广。人们感念这个人发明了钻木取火的方法，就给他另取了个称号，名叫"燧人"，而"燧人"就是取火者的意思。

女娲炼石补天

女娲补天的故事要从水神共工和火神祝融之战说起。

水神共工，长着人的脸、蛇的身子，一头红发，性情暴躁凶恶，是天上有名的恶神。他手下有一个最大的帮凶，名叫相柳，是他的臣子，与他同样的人脸蛇身、同样的性情残酷，只不过相柳有九个脑袋，浑身青色，看上去更为凶恶。共工的另一个臣子浮游，也非善类，死后还化作一头红熊，跑进晋平公的屋中，在屏风后向内窥探，吓病了晋平公。共工还有一个没有名字的儿子，死在冬至这天，死后变成厉鬼在人间作祟，人们知道他害怕红豆的特性，总是在每年冬至这天做红豆稀饭来驱逐他。

共工周围的这群人中，只有一个名唤脩的儿子还好。脩性情恬淡，喜欢四处游历、观览名山胜水。人们对这位公子比较喜爱，奉他为祖神，就是旅行之神的意思。古时候，人们出门旅行，定要先祭祖神，并设酒宴送行，以求神灵保佑、一路平安，这就是"祖道"或"祖钱"。

话说水神共工和火神祝融的这场战争，想来脩并未参与，可能依旧远行去了。而相柳、浮游和那个害怕红豆的儿子则很有可能参与其中。这场战争非常猛烈，战火从天上一直蔓延到凡间。共工与他手下的一群帮凶，乘坐大木筏子，顺江流而下，兴起大风大浪，前去攻打祝融，江河里的虾兵蟹将和各种鱼类成为他的兵马。然而，最终共工一伙没有敌过祝融喷出的熊熊火焰，在猛火面前，他们一个个被烧得焦头烂额。这场战争最终以代表光明的火神祝融的胜利而结束。

野心家和侵略家共工失败了，他的同党境况也相当悲惨。性急的浮游一气之下跳了淮水；害怕红豆的儿子可能正是在这场战争失败后气郁而死的；九个脑袋的相柳虽然没死，但从此躲入昆仑山的北边，不愿再出来见人。水神共工眼看亲友散尽、部卒凋零，大业也不可能再成，既羞且恼，也不好意思再活于世间，于是一头碰向西方的不周山。

哪知这一撞，共工并没有死，之后他苏醒过来，且恶性不改，后来又去找治水的大禹的麻烦。这些暂且不提；但是眼前共工这一碰，却使天地间发生了巨大的改变，因为天的一角，塌陷了。

原来这西方的不周山，是一根撑天的柱子。水神共工这

一碰使撑天的柱子断了,半边天空坍塌了下来,露出了一些丑陋的大窟窿。大地的一角也有损坏,破裂出一道道纵横交错的黑黝黝的深坑。这场天地的大变动,使山林间燃起炎炎大火,烧毁了很多树木,鸟兽也纷纷窜出丛林为害人间;地底的洪水也沿着裂缝喷涌出来,波浪滔天,淹没了许多良田与村庄。这场变故最大的受害者就是人类,他们失去了土地,还要面对突然增多的各类凶兽猛禽的残害。

女娲眼看自己的孩子人类生活在了水深火热之中,非常痛心和着急。女娲此刻没有时间去想怎么惩罚那个凶恶的捣乱者,她知道自己首先要赶紧修补这残破的天地。

这是一项巨大而又艰难的工程,但女娲为了人类,也只能迎难而上,独自勇敢地肩负起这份重担。她首先去大江大河中挑拣五色的石子,收集起来,然后架起一把火,将五色石子放在火上煅烤融化,直至熔炼成胶糊状的液体。女娲就用这些胶状的液体去填补天空中的一个个窟窿。填补完成后,虽然仔细看还有些不同之处,但远远看去,天空已与往时无异。女娲怕刚补好的天再次坍塌,就杀了一只巨大的乌龟,将它的四足砍下来作为撑天的柱子,立在大地的四方。这样,天空就再没有坍塌的危险了。

之后,女娲再来治理被洪水淹没、野兽横行的大地。她收拾了一条在中原为恶已久的恶龙,又赶走各种猛兽凶禽,使人类远离禽兽的祸害。然后女娲把芦草烧成灰末,堆积起来，塞住了滔天的洪水。这样，残破的天地逐一被女娲治理修补好了。只是和原先相比，还是略有不同。天空因此略有些向西北倾斜，所以太阳、月亮和星辰都不自觉地朝那边位移，落向倾斜的西天；而东南的大地因此陷下深坑，所以溪流大川中的水，都不由自主向那边奔流，在大地的东南方汇集成了海洋。

但不管怎样，这场天地之间的大灾祸，终于被女娲一手平息。人类得以死里逃生，家园也恢复如初，此后，他们在大地上延续着生命，展开了生活的新篇章。

归墟五座仙山

古代的人们,看到江河中的水日夜川流不息地流入大海,担心大海有一天也会承受不住满溢出来,于是"归墟"的传说产生了。传说中的归墟是位于渤海东面的一个大壑,这个大壑深不见底,即使海洋的水与天河的水没日没夜地全部往这里注入,归墟的水却不会因此增加或减少。这样人们就放心了,有归墟在,不用再担心大海的水会涨满溢出。

归墟里有五座仙山:岱舆、员峤、方壶、瀛洲和蓬莱。后世的我们对后三座仙山比较熟悉,李白有"海客谈瀛洲,烟涛微茫信难求"的诗句,蓬莱仙岛更因是象征长生不老之地而让人神往。实际上,远古时候,这五座仙山上都居住着不少神仙,只是后来,因为龙伯国的一个大人无心的捣乱,导致岱舆和员峤两座神山漂流到北极、沉没在大海中了,因此归墟里只剩下了三座神山。

原来，这五座神山漂浮在大海之中，山的下面没有生根，遇到大风来袭，就会漂流不定。风波过大，神山就有漂流到北极去的危险，这样一来神仙就没有住的地方了。因此，天帝命海神兼风神禺强替诸仙想个办法。

海神禺强想了想，调遣了十五只黑色的大乌龟到归墟，把五座神山用龟背背起来，每座山由一只乌龟背，其余两个在下面守着，六万年交替一次，轮流负担着仙山。虽然，乌龟们有时背得烦了，也会在沧海中跳一跳玩一玩，弄得神山不稳，但总归神山从此不再随意漂流，神仙也有了固定的居所。

大家这样平安幸福地生活了万年。不料有一年，一位龙伯国的大人来到此地，他闲来无事，就在五神山举起钓竿钓鱼。龙伯国是一个大人国，这里的人身形巨大无比，几步之间就能周游五座神山，他们在这里钓鱼自然也不是钓起几只小鱼这么简单了。果然，这位巨人举起钓竿来一钓，就钓上来了一直没有吃食物的饿乌龟，接着又接二连三地共钓起六只乌龟。这六只，正是奉命背负岱舆和员峤两座神山的乌龟。这位龙伯国的巨人不管三七二十一，将乌龟带回家，甚至还将龟壳剥下占卦。而岱舆和员峤两座仙山，没有乌龟的背负，在一次大风波中漂流到北极沉没了。许多原本住在这两座山上的神仙慌忙搬家，累得满头大汗。

天帝知道这件事情，非常震怒，将龙伯国的土地缩小，

又将龙伯国人的身子尽量缩短，以免他们又不小心招惹祸端。到神农时期，龙伯国人的身子已缩到没法再短了，却依然有好几十丈长呢。

归墟里五座神山就这样只剩下三座，剩下的大乌龟经这场捣乱后从此老老实实地背负着神山，再没出过什么乱子。而归墟神山的名声在这次纷乱中也传扬开了，许多人都想到这样美丽而神秘的仙山去游玩一回，也确有一些在海边捕鱼的渔夫渔妇，偶然被风吹到仙山近旁，得以上山玩玩。这些传说传到人间帝王耳中，无疑引起了他们极大的兴趣。战国时齐国威王、宣王，燕国昭王，秦代秦始皇，汉代汉武帝等，都曾不惜钱财，打造大船，准备充足的粮食，派遣方士入海到仙山寻求不死的良药。但是最后这些人也都如普通人一般去世了，没有例外。谁也没有得到过不死的良药。愚笨而贪婪的贵人们享尽人间极乐，也无法战胜死亡的宿命。而关于这些仙山的消息，以后也只剩下传说流传在人们口耳之间。它们到底还在不在那烟涛微茫的大海深处，没人知晓。

神农尝百草

神农,即是我们"炎黄子孙"的祖先之一炎帝。炎帝是我们的太阳神兼农业之神。据说,炎帝诞生之时,他出生的地方的周围,不需人力就自动涌现了九眼井。而且这九眼井水之间彼此相连,汲取其中一眼井水,其余八眼井水也会随之波动。

当炎帝要教人民播种五谷之时,天空中便纷纷降落下许多谷种。炎帝将这些谷种收集起来,撒在未开垦过的土地上,五谷就生长起来了,从此人们得以以五谷为食。炎帝时代的人们,已经学会这样把野生的谷物用人工的方法培育种植起来。

炎帝不仅是太阳神、农业之神,还是我们的医药之神。因为太阳正是健康的泉源,所以炎帝也和医药有关。传说,炎帝曾经使用过一种鉴定草药的神鞭,叫做"赭鞭"。

神农炎帝用赭鞭来鞭打药草,这些药草一经鞭打,它们自身的性质,有毒无毒、或寒或热就自然地呈露出来。炎帝就根据这些药草不同的性质,来给人们治病。

当然,还有另一种传说,就是神农炎帝不是用鞭子,而是自己亲自去尝各种各样的草药,来鉴定草药的性质。这样尝药,是拿自己的生命去冒险。有时,一天之内,炎帝就中过七十次毒。但好在这些草药毒性都不大,神农每次都能用相应的解毒的草药救回自己。最后,有一次,神农尝到了一种剧毒的断肠草,这种草毒性剧烈且致命,神农来不及为自己解毒,就肠子断烂而死,为百姓牺牲了自己的生命。

直到现在,人们看到攀援在墙边或者缠绕着篱笆的,开着小黄花的藤状植物,心中都会有警戒。大家知道这种植物毒性强烈,曾经害死过神农炎帝。而大神炎帝植五谷、尝百草,最终为人民献身的精神也永远被华夏族人记在心中,人们世世代代传颂着这位伟大祖先为我们炎黄子孙作出的巨大贡献。

精卫填海

传说中炎帝有三个女儿,其中一个小女儿唤作女娃,她的故事长久地扣动着人们的心弦。

据说,女娃小的时候喜欢到东海游玩。一次,她在东海玩耍时,海上起了波涛,女娃躲闪不及,淹死在东海里,再也没法回到自己的家,回到父母的怀抱。小小的女娃如此年轻就丧身海中,她的魂灵悲愤自己年少的生命被无情的海水夺去,立志要填平这凶恶无常的大海。

后来女娃的魂灵化作了一只名叫"精卫"的鸟。精卫的形状有一点像乌鸦,头顶有花色,嘴巴白色,两足红色,住在北方的发鸠山上。每天,精卫都衔着西山上的小石子、小树枝,投到东海里去。小小的石子和树枝在浩瀚的大海面前根本微不足道,但是精卫仍然每天如此坚持着努力着。

这样一只小鸟,愤怒而伤心地飞翔在波涛汹涌的海面

上,每次从高高的天空中,投下一小段树枝,或者一小粒石子,眼看着波涛不以为意地将它们吞没,仍然固执地飞回去再次衔来树枝石子,誓要填平这片海洋。这是多么悲壮的一幅情景。人们都被精卫的精神感动了,大家怀念这位早夭的少女,心疼她的倔强和执着,钦佩她坚强的意志与决心。

东晋诗人陶渊明在他的《读山海经》一诗中说,"精卫衔微木,将以填沧海",诗句中饱含了这位大诗人对精卫的哀悼与赞美之情。到如今,东海中还有一个叫精卫誓水的地方,精卫因为曾经淹死在这里,所以发誓不喝那里的水。因此,精卫也叫做"誓鸟"或者"志鸟",也称"冤禽"。

精卫和她的太阳神父亲炎帝一样,长久而鲜明地印于人们的印象与记忆之中。民间还将精卫叫做"帝女雀"。我们从人们给精卫取的这么多名称之中,已可以想见,她是如何光辉灿烂地活在人们的心中。

重和黎隔断天梯

古时候,天地之间虽然隔开,但有道路可以相通,这种道路就叫做"天梯"。天梯本是为神人、仙人、巫师三种人所设,但人间也有一些勇敢而又充满智慧的人,能够攀登天梯,到达天庭。

天地之间有这种通道,人和神之间也就有了交通往来。人民有痛苦时,可以前往天上向神诉说;神在天界无聊时,也可以随随便便来到人间游玩。那时候,人和神之间的界限并不是很严格。

可是不久之后,天上出现了一个恶神,就是后面会讲到的"蚩尤"。蚩尤也通过天梯来到人间,他残酷叛逆,煽动下方的人民跟他一起造反。当时,苗族的人民不愿答应他,他就制造出种种残酷的刑罚来迫使苗民跟从他。渐渐地,苗民忍受不住残酷的刑罚,又见到蚩尤统治下的人们,行善的

会受罚,为恶的反而有赏,受尽苦楚的苗民也开始忍不住顺着蚩尤之意,泯灭善良的本性,跟着蚩尤作乱。变得罪恶的苗民,想帮助蚩尤夺取上帝的宝座,他们杀死了许多善良的百姓。这些无辜被杀戮的冤魂跑到正在做上帝的黄帝处申冤,黄帝命人调查,发现果然一大批民众都在跟着蚩尤作乱,为祸四方。于是,黄帝点了天兵天将下界平乱。最后蚩尤终于被诛,苗民也牵连被灭,只剩下少数孑遗,再也没法形成部族。

而神国的最高统治者黄帝,经过这场乱事之后,有些厌倦上帝的职务。这时,他看见正在做北方的天帝的颛顼(zhuān xū),聪明能干,黄帝就把中央天帝的宝座一度传让给了颛顼,让他代行上帝神权。

颛顼继承上帝之位后,开始思考蚩尤这场战乱的教训。最后他得出了一个结论,正是因为神和人之间没有严格的界限,可以互相沟通往来甚至混居,才导致了这场变乱的发生。如果天梯仍然存在,难保不会有第二个蚩尤下界,煽动人民作乱。于是,颛顼叫来大神重和大神黎,去把天和地之间的通路阻断。

天梯一断,人就上不了天,神也下不了地。大家牺牲了自己的自由,却换来了宇宙的秩序和安全。大家也都认同这一处理方法。从此,大神重就专门管理天上这一块,大神黎就专门管理地上这一块。天和地之间,人和神之间,界限分明，阴阳有序，天上人间都各保平安。

这样一来，天上的神偶尔还可以私下里偷偷下到人间来玩，地上的人却再也没有办法到天上去了。人和神没有了以往的亲密关系。大部分神都只是高高地坐在云端，享受人类的献祭，而人间的疾苦和灾难，神却常常不闻不问，任由人自己在下界挣扎求存。

神和人之间有了距离，渐渐地，人和人之间也受此影响，慢慢有了距离。一些人希望像神那样高高在上、只懂享受，他们就努力地往高处爬，成为地上的统治者。而大部分人则被压在底层，成为少数人的奴隶。远古时代悄悄远去，奴隶时代渐渐来临，阶级和压迫为大地笼罩上了一片阴影。

五帝及相关故事

颛顼的儿孙们

颛顼是北方的天帝,黄帝的曾孙。前文中阻断天地交通之事,就是颛顼命令重和黎做的。而人民对于这位重视秩序、讲究礼法的上帝,观感并不怎样。一方面是因为,我们在远古记载中,并没有找到什么颛顼顾念人民的事迹,另一方面是因为他的不肖的儿子多于其他上帝,给人们的生活带来了很多不便。

他的儿子中有三个都是生下不久便死掉了。其中一个死后变成了疟鬼,在世间散布疟疾病菌,让很多人染上此病,害寒热,打摆子。一个居住在若水,变成了山川精怪——魍魉(wǎng liǎng),魍魉形状像三岁小孩子,长着红彤彤的眼睛,长长的耳朵,黑里透着红的身体,样貌骇人,又有着一头乌黑漂亮的头发,喜欢学人的声音来迷惑人们,人们都对他避之不及。还有一个变成小儿鬼,居住在人家的屋角,专门让人生出疮或感染疾病,又或者惊吓人家的小娃娃。颛顼这三个儿子都变成了害人的鬼。在腊月八日这天,人们会扮成金刚力士,打着细腰的鼓,由一个戴着鬼脸的壮汉引导着,把这些给人们带来疾病灾祸的鬼怪驱逐到远方去。

颛顼还有一个儿子,叫梼杌(táo wù),更是凶顽无比。梼杌据说是一只像老虎的猛兽,但又比老虎大得多,身长一丈八尺,通身长着两尺多长的长毛。梼杌有着人的脸,老虎的脚,猪的嘴巴,平日在荒野胡作非为,性情极其野蛮凶暴,无人能够制止,人们把他算作汉族远古神话的"四凶"之一。

颛顼的子孙中,有一个非常有名的,就是彭祖。他是颛顼的玄孙。我们都知道彭祖有八百年的寿命,从尧舜时代一直活到了周朝初年,是长寿的代表。那彭祖为何能活得这么长呢?天帝的子孙可不是人人长寿啊,这其中应该别有缘由。据说在殷朝末年,彭祖已经活了七百六十七岁,但看上去相貌依然年轻,并不显得衰老。殷王羡慕彭祖的长寿,就派遣一名采女去向彭祖请教延年益寿的方法。彭祖说:"延年益寿的方法自然是有,但是我见闻浅薄,哪里说得出所以然呢?拿我本人来说,我还没出生,父亲就去世了,母亲抚养我到三岁,也去世了。我这个孤儿,流落世间,又遭逢犬戎的叛乱,流离辗转去了西域,在那里度过了一百多年。在我的生命中,总共死去了四十九个妻子,夭折了五十四个儿子,别

人一生中所要经历的忧患，我都是他们的数倍或数十倍，精神上大受影响。再加上我幼小的时候，身体不太结实，之后又没有得到很好的调养。你看看我干瘦的身体，估计我不久就要离开人世了，又哪里说得出什么延年益寿的方法呢？"说罢，彭祖就叹息了一声，飘然而行，不知去了哪里。

又过了七十多年，听说有人在流沙国西部的边境上，又看见了骑着一匹骆驼的彭祖，在那里慢慢行进着呢，这哪里是当初说的"不久于人世"呢？既然彭祖不肯说出自己长寿的秘方，人们就开始纷纷猜想。有人说他长寿是因为经常服用一种叫做桂芝的药物，有人说他之所以长寿，是因为善于做一种深呼吸的运动。但其实这些都不是原因，彭祖的长寿，是因为他擅长烹调一种美味的野鸡汤。他把这种野鸡汤奉献给天帝，天帝品尝后，觉得十分美味，心里很高兴，就赐给了彭祖八百年的寿命。当然，这种理由彭祖不太愿意告诉世人。而且，心高志大的彭祖，面对八百年的寿命还不满意呢，临死的时候，他仍然觉得很遗憾和抱歉，认为自己还没活够，就短命死了呢。

颛顼的子孙中，还有传说中音乐的创始人老童，以及同样擅长音乐的太子长琴。老童是颛顼的儿子，讲话时，声音像敲击声，充满了音乐的韵味。太子长琴是老童的孙子，火神祝融的儿子，他居住在西北海外的榣（yáo）山，开始创作出种种美妙的歌曲。

门神神荼和郁垒

尊贵的黄帝是神国的最高统治者,他不但统治神国,也统治鬼国。后土,即鬼国的国王,便是黄帝的属神。一些游荡在人间的鬼,皇帝就叫神荼和郁垒两兄弟去管理统领。

这两兄弟住在东海的桃都山上,山上有一棵大桃树,枝干屈盘起来树荫能覆盖方圆三千里的地面。桃树的树顶上站立着一只金鸡,每当太阳的第一缕光线照在金鸡的身上,它听见扶桑树上的玉鸡鸣叫起来的时候,这只金鸡也就跟着叫起来。

桃树东北的树枝间有一座鬼门,金鸡叫时,神荼和郁垒就在鬼门下面威风凛凛地把守着,一丝不苟地检阅那些晚上在人间游荡此时要归家的鬼。这些形形色色的鬼都是在晚上出现,一听见鸡鸣就要赶紧逃回去,所以神荼和郁垒就在此时设哨,一旦发现有凶恶狡猾、在人间妄自残害了百姓回来

的鬼，两兄弟就会马上不客气地用芦苇绳子将鬼绑起来，送去山上喂老虎。这样一来，凶恶的鬼就收敛了许多，不敢在人间为非作歹。

后世的人们用桃木雕成神荼和郁垒的模样，并让他们手中拿着芦苇绳子，在大年三十这天晚上，将这样的两个桃木人放在大门两旁，并在门枋上画一只大老虎，以此抵御邪魔妖怪。有时为了简便，也会把两兄弟的相貌直接画在门上，或者将他们的名字写在门上，据说也有同样的功效。于是，神荼和郁垒就成了民间世代相传的门神。

当然，我们知道还有另外一种门神，画着大将军的模样，手中握有兵器，题为"秦军""胡帅"。那指的是秦叔宝和胡敏德。据说是唐太宗生病看见了鬼，心里害怕，就召来秦叔宝、胡敏德两位将军为他守着睡房的门，这样果然就安然无事。从此以后，这两位将军就做了贵族世家的门神。而忠于职守的门神神荼和郁垒在民间依然深受大家的欢迎。

天乐《清角》

黄帝去西泰山会合天下鬼神时,所乘坐的宝车十分尊贵,队伍也很庞大。

宝车由大象带领,毕方鸟驾车,六条蛟龙跟在后面。蚩尤领着一群虎狼在车前面开路,蚩尤之后,是雨师萍号和风伯飞廉,他们负责打扫道路上的尘埃。剩下所有的鬼神都乖乖跟在黄帝的车子后面。这些鬼神,有的人面蛇身,有的人面马身,有的鸟身龙头,还有的猪身八足蛇尾等等等等,奇形怪状,形态不一。更有凤凰飞舞在天空,腾蛇游走在地上。可以想象,这支队伍规模是多么盛大,仪容是多么威严。

黄帝很高兴,就作了一支名叫"清角"的乐曲。这只乐曲悲凉激越,也可真正称得上是"动天地、感鬼神"了。

春秋时候,晋平公最喜欢音乐。相传,有一次,晋平公

在施夷之台设宴招待前来访问的卫灵公。晋平公听了卫灵公随身带的一个名叫师涓的乐师所演奏的一曲悲哀的乐曲《清商》之后,觉得不够过瘾,就问他自己的乐师师旷:

"难道《清商》是最悲哀的了?"
"不是,《清徵》比它还要悲哀。"

于是,晋平公让师旷奏一曲《清徵》。师旷一开始奏响,立刻就有十六只玄鹤从南方飞来,排成队伍,在城门楼上集合。玄鹤伸长着颈项,张着翅膀,踏着节拍跳起舞来。参加宴会的宾客都很满意,平公更是欢喜,亲自拿起酒盅给师旷祝寿。接着又问师旷:

"那这《清徵》就是最悲哀的乐曲了吗?"
"也不是,那又不如《清角》了。"

平公就让师旷赶紧再奏《清角》。师旷解释说,《清角》是黄帝在西泰山会合天下鬼神时所作的乐曲,不能轻易演奏,可能会遭天谴。但晋平公坚持要让师旷演奏,师旷不得已,只得拿起琴来。

刚一弹奏,就刮起了呼呼大风,接着就下起了冰雹般的大雨。疾风劲雨把屋上的瓦吹了下来,把挂在台上的帘幔撕成了布条,还把宴会桌上的盘子碟子汤碗等都吹得跌落在地,压成了扁头扁脑的形状。宾客们早惊骇得四散离席,晋平公吓得躲在房廊的角落里趴伏着不住颤抖。

　　之后，晋国连遭了三年大旱，晋平公本人也生了一场重病。这就是所谓天乐不可为凡人所听，根基浅的人还够不上资格听到《清角》这种乐曲。

黄帝蚩尤之战

黄帝与蚩尤之间的战争，是黄帝时代的一件大事。这是一场旷日持久的战争，波及范围广，牵涉人员多，双方的损失都很大。

但是，前文刚说过的，在西泰山时，蚩尤还带领着虎狼为黄帝开路呢，怎么一转眼又来和黄帝作对呢？

原来这蚩尤，是一个勇猛的巨人族的名称，这一族居住在南方，据说是炎帝的后人。这一族一共有八十一个弟兄（还有一种说法是七十二个），这些弟兄个个长得凶猛异常，铜头铁额。还有人说蚩尤是人身牛蹄，四只眼睛，六只手臂，也有人说蚩尤头上生有尖利的角，耳旁的毛发像剑戟一样直竖，等等等等，说法不一，但总之，蚩尤是一种介乎神和人之间的不平凡的族类。

蚩尤不但长得奇怪，吃的食物更怪，他平时吃的都是沙子、石头、铁块等。蚩尤还能制造各种兵器，像尖利的戟、锋利的矛、巨大的斧头、坚固的盾、轻捷的弓箭等，都是他的拿手工作。除此之外，蚩尤还具有超人类的神力。可能正是因为他的本领很大，所以渐渐地不能继续安分守己，起了夺上帝宝座的野心。

在蚩尤去夺黄帝的宝座之前，他想，可以先去夺取老祖父炎帝的宝座，这样也可以壮壮自己的声威。而他的弟兄们也已按捺不住，早就摩拳擦掌，寻求一战了。于是，蚩尤带着自己的弟兄，还有那一群群魑魅魍魉，给了炎帝一场出其不意的袭击。炎帝这边，一则没有做战斗的准备，且蚩尤来得十分凶猛；二则，仁爱的炎帝担心战争会使无辜的百姓受到牵连，所以，炎帝纵有火神祝融这样的大将，其本人也本领非凡，他还是选择了放弃南方天帝的宝座，前往了北方的涿鹿。

蚩尤轻而易举得到炎帝南方天帝的宝座，又因为蚩尤本就是炎帝后代，于是蚩尤干脆心安理得地自称起炎帝来。但这个冒牌炎帝的野心却远不止于此，他并不把一方天帝的位置看在眼里，他的目的是要取代黄帝成为中央天帝。

前面说过，为了达到这个目的，蚩尤胁迫了勇敢善战的苗族人民。南方苗民本是黄帝传下来的后代，他们非常勇敢。蚩尤为了进行他的叛逆事业，需要扩充军队，就看中了这个民族。他用种种方法胁迫和鼓动这个民族去与黄帝作

对,终于,这个英勇善战的民族受了蚩尤的利用,参与了这场战争。

蚩尤见时机已成熟,就带着他的军队向涿鹿浩浩荡荡地杀来。避居在涿鹿的炎帝,见蚩尤杀到,只得统领军队,与蚩尤在涿鹿打了几仗,但又实在抵挡不住蚩尤强大的攻势,最后炎帝决定派人到黄帝处求救。

此时黄帝正在昆仑和县圃的宫苑里悠然自得地过着太平日子,忽然听到战事已起,炎帝都派人来求援了,黄帝非常震怒。据古书上说,黄帝开始还是愿意用仁义来感化蚩尤,但是顽劣不改的蚩尤不受感化,最终黄帝也只好用战争来对付蚩尤了。

这场战争猛烈无比。蚩尤有备而来,兵力强劲,而黄帝这边有四方鬼神,还有罴、熊、貔、貅、虎等野兽。双方棋逢对手,各不相让。在战争初期,蚩尤方面的军队更为强悍,黄帝不是敌手,接连吃了好几个败仗,相当狼狈。

双方军队在原野战斗正酣时,蚩尤用了一种魔法,在黄帝的战区布下了漫天大雾,将黄帝和他的军队团团围在中心。黄帝和他的战士在迷雾中,不辨方向,十分被动,被铜头铁额、头上生角的蚩尤杀得马嘶人叫,鼠蹿狼奔。

"冲出去呀!冲出去呀!"黄帝挥舞着手中的宝剑,站在战车上,指挥着大喊。

"冲出去呀!冲出去呀!"黄帝的军队中,四方的鬼神也

纷纷应和黄帝的喊声,齐声呐喊。

野兽怒吼,群神咆哮。面对这场威胁整个军队命运的大雾,大家都急切地希望能突出重围。可是,一群人左冲右突,还是无法突破,转来转去,始终在这片白茫茫大雾的包围中。

四方的鬼神无法可想,黄帝也束手无策了,这漫天的大雾似乎无止无境,要把天地生灵都扼杀在这片让人透不过气的白色雾霾之中。

正在黄帝一筹莫展的时候,他手下一名叫做"风后"的臣子,一个非常聪明的老头儿,此刻却坐在战车上微闭着眼睛,像在打瞌睡一般。黄帝不由责问他为何在战事如此紧急之时,还有闲心打瞌睡,风后听后霍地睁开眼睛,辩解说:"我哪里在打瞌睡,我正在思索良方啊!"事实上,这位老头儿确实在想办法,他想,北斗星的斗柄为什么就能根据时序的不同而变换它的方位呢?如果我们发明出一种东西,也同样地不管如何东转西转,自身都能准确地指向一个方向,那其余三方也都可以确定下来,我们就不会在大雾中迷失方向了。

想到这一点,接下来他就用他鬼斧神工的本领,替黄帝做了一辆"指南车"。在这个车子的前面,有一个铁制的仙人,不论车子如何旋转,仙人的手臂始终指向正南方。靠着这辆车子的指引,黄帝最终统率着他的军队,冲出了大雾的

重围。

前文提过，在蚩尤所统领的军队里，有魑魅魍魉等妖魔鬼怪。魑魅魍魉有一种发出怪声来迷惑人的本领。人一旦听到这种声音，就会开始发昏，失去感觉，朝着怪声发出的方向走去，成为妖魔鬼怪的牺牲品。

魑魅魍魉大概可以分为三种，一种是魑魅，他有着人的脸，野兽的身子，四只脚；一种是神，也是人的脸，野兽的身子，但只有一只手、一只脚，发出的声音像在打呵欠；还有一种是魍魉，如前文介绍的，像三岁的小娃娃，身体黑里透红，红红的眼睛，长长的耳朵，有一头漂亮乌黑的头发，喜欢学人说话的声音去迷惑人。这三种妖怪都不好惹，黄帝的将士被他们迷惑走的有很多。后来黄帝知道了魑魅魍魉们虽然自己喜欢发出各种声音来迷惑人，他们自己也有害怕听到的声音，那就是龙的声音。于是，黄帝叫兵士们用军号吹出一种低沉的龙吟之声，这种声音低回婉转，响彻天际。果然，蚩尤统领的妖怪们，个个为之战栗，再无法兴风作浪了。黄帝的军队乘势前去，打了一个难得的胜仗。

其实，黄帝这边也确实有一条龙，名叫应龙。应龙生有一对翅膀，能蓄水行雨。黄帝心想，蚩尤虽能下大雾，但我的应龙能下大雨，难道大雨会没有大雾厉害？况且应龙一来，那些魑魅魍魉也没法作怪了。于是，黄帝派人叫应龙来到战场助战。

应龙很听话，一到就马上出阵攻打蚩尤。它展开翅膀，正准备在天空中行云布雨，谁知架子还没摆好，蚩尤已请了风伯雨师来，先下手为强，抢先下起了一场无比猛烈的暴风雨，向黄帝这边阵地上吹来。应龙一时受制，完全没法施展自己的本领，黄帝阵地上的军队在暴风雨的侵袭下，站不住脚，四散崩溃。

在山顶观战的黄帝见应龙如此不堪重任，大失所望，只得叫他随军的一个女儿上阵助战。

黄帝的这一位女儿，名叫"魃"，住在昆山的共工之台上。她模样并不算漂亮，据说还是秃头，常穿一件青色衣服。但魃的身体里却充满了炎热之力，其中的热量估计能远远超过现代社会里的熔铁炉。她一来到战场，狂暴的风雨顿时消失无踪，取而代之的是烈日当空，炎热非常。蚩尤的弟兄突见此种情形，十分惊诧，一时无措。应龙趁此机会赶紧上前扑杀，成绩倒也不赖，杀死了几个蚩尤弟兄和一些苗民。

但是可怜的天女魃，却因为这场战争，不知是用力太多，还是被邪魔沾染了，竟从此不能够上天，只能住在地上了。她所居住的地方，总是炎热无比，非常干旱，方圆千里，不曾降雨。人民深受其害，称呼她"旱魃"，总是想方设法驱逐她。她被人赶来赶去，哪里都不受欢迎。后来周民族的始祖后稷的孙子叔均告诉黄帝旱魃在人间不受欢迎的情

形,黄帝才下命令把她安顿在赤水以北,不准乱跑。可是旱魃已经在人间游荡惯了,有时仍会忍不住偷跑出来,东游西荡,这样人们又不免受到她带来的旱灾之害。人们就在驱逐她之前,开一条水道,挖好沟渠,然后向她祝祷道:"神啊,就请你回到赤水以北你的家里去吧。"一般情况下,她听到这些祝祷,往往自知惭愧,听话地回到老家了。

这边战争仍旷日持久地继续着,蚩尤这边虽然损失了一些弟兄和苗民,但仍剩下一大批兵士,且他们的首领安然无恙,因此,蚩尤军队的声势依旧十分浩大。渐渐地,黄帝这边的军队士气又开始低落了,黄帝心中非常忧虑。

后来,黄帝终于想到一个办法,用特别的材质制造一面特别的军鼓,用巨大的鼓点声来鼓舞士气,振奋人心。

东海的流波山上,有一只叫做"夔"的野兽,长得像牛,但是没有角,苍灰色的身子,只有一只脚。它能够自由进出海水,且每次进出都会伴着大风大雨。它的眼睛里能发出一种如同日月的闪耀光辉,大张着口吼叫时,声音像打雷一样震撼。它不幸被黄帝看中,被黄帝派人捉了来,剥掉皮,晾干制成了一面鼓。

有了鼓面,还差一个上好的鼓槌。黄帝又将主意打到了雷泽中雷神的身上。这雷神是一个人头龙身的怪物,常常无忧无虑地拍着自己肚子玩耍,每拍击一下,就会放出一个响雷。相传伏羲的母亲华胥氏就是踩了他的脚印,感而孕,生出伏羲。可见他本也是一个著名的天神。可是黄帝为了赢得这场战争，也不惜牺牲掉他，竟派人将他逮捕过来，不由分说将他杀死，从他身体中取出一根最大的骨头，当作鼓槌。

有了这样的鼓面和鼓槌，黄帝制成的军鼓发出的声音比打雷还要响，据说五百里之外都能听到。这面军鼓被搬到战场上，一连擂了九通，果然天地变色，山鸣谷应。黄帝这边军威大振，士气大涨；蚩尤那边却被鼓声吓得失魂落魄，什么功力都施展不出，只能待在原地束手就擒。黄帝的军队在这阵震耳欲聋的鼓声中上前扑杀，打了一个漂亮的大胜仗。擒杀了许多蚩尤弟兄，当然也杀死了许多苗民。

这一次，蚩尤的损失非常严重，只剩不到半数人马，如果不投降，很可能就被全部歼灭。但是蚩尤弟兄没有一个人愿意投降，他们死性不改，都愿意拼死再战。这时有人提议去北方请巨人族夸父前来帮忙。大家都很赞同这一建议，于是马上派人前往北方。

蚩尤族的人见到夸父族的人，说明来意，一部分夸父族人对这种战争没有兴趣，而另一部分夸父族人却觉得这是替弱者打抱不平的好机会。于是，少数夸父族人卷进了这场战争的漩涡。

蚩尤得了夸父族的帮助，士气大增，声势一下又重新振作起来，和黄帝军队又成了势均力敌的局面。

黄帝对蚩尤那边夸父人的加入，十分烦心，又一时想

不到良方来应付这种新局面。幸亏后来有一个人头鸟身的妇人，名唤"玄女"的，是天上得道的女仙。她前来见黄帝，传授兵法。黄帝得到玄女的传授，行军布阵从此变幻莫测，不可捉摸。同时，黄帝又得到了红铜来打造宝剑。这种宝剑造成之后变为青色，寒光四射，斩铁如泥。黄帝一下子既得到了兵法又得到了武器，顿时如虎添翼，军威大振。蚩尤和夸父虽然勇猛，但只是空有力气，并无谋略，在黄帝有效的行军布阵下，他们最终失败。

在最后一场战争中，残败的蚩尤和夸父队伍落入了黄帝军队的包围圈，左冲右突没有成功。这时战阵上的应龙大显神威，它一声长叫，振翅翱翔于天空，自上而下，杀死了一个个无法跑走的蚩尤族人，还杀死了许多作为帮凶的夸父族人。最终，黄帝的军队围上来，将铜头铁额的蚩尤首领生擒活捉了。

但立了大功的应龙，和天女魃一样，受了邪气的沾染，再也上不了天了。而它的主人黄帝，也似乎像忘记自己的女儿一般将它忘记了。它从此只好悄悄地去南方的山泽中居住，所以至今南方多雨。而其他地方，因为天女魃的游荡居留，也因为缺少在天庭掌管行雨的应龙，时不时就会有旱灾。后来聪明的人们想出一个办法，每逢闹旱灾之时，就集合众人扮作应龙的样子，在地面上大模大样地跳舞，据说这样还真的能因此得到大雨。

说回被生擒活捉的首恶蚩尤首领，自然不会得到黄帝的宽恕，在涿鹿被黄帝杀掉。杀蚩尤首领的时候，还怕他逃走，不敢把他手脚上的镣铐除去，直到已经将他杀死，才从他身上拿下沾血的枷锁，抛掷在大荒之中。而这枷锁立时变作一片枫林，每片枫树的叶子都颜色鲜红，那就是蚩尤枷锁上的血迹所化，至今诉说着他的怨恨。

这场黄帝与蚩尤之间的战争，历经艰险，最终以黄帝的胜利告终。这场浩劫让天地两界都耗损巨大。事后即位的上帝颛顼汲取教训，便让重和黎去将沟通天地的天梯阻隔断，以此阻止类似蚩尤的凶神下界撺掇民众叛乱。这些一如前文，不再赘述。

夸父逐日

上文提到蚩尤在战事吃紧时,往北方找夸父族人求助。这夸父族,原来是大神后土传下来的子孙。后土,是幽冥世界即幽都的统治者。传说中幽都位于北海,里面有一座大黑山,山上来来往往的都是黑人,幽都里住着的也是黑鸟、黑蛇、黑豹、黑虎和长着毛茸茸尾巴的黑狐之类。这是一个黑色的国度,所以叫做幽都。

夸父族的人居住在北方大荒中一座叫"成都载天"的山上,他们个个身材高大,身子极长,力气也极大。耳朵上挂两条黄蛇,手里也握两条黄蛇。别看样貌有威胁性,夸父族却是一个性情平和善良的种族。他们族中的一个人,曾经做了一件看起来非常傻气却又惊天动地的事。

这个勇敢的夸父族人有一天发下宏愿,要去追赶太阳,与太阳并肩赛跑。于是,他果然在原野上迈开步伐,甩开双腿，向西斜的太阳追去。一刻不停地，他追出了千里之外，终于将太阳追到了禺谷。禺谷，就是虞渊。屈原曾经感叹过"望崦嵫而勿迫"，其中的崦嵫山就在这禺谷，这是太阳落下的地方。

夸父气喘吁吁地在这一大团光亮的火球前停下，此时的他正处在一片盛大的光明的包裹之中。他欣喜若狂地举起巨大的双臂，想将这团光明用手捉住。可是夸父已经奔跑了一整天，非常疲倦，此时又累又渴。再加上太阳的炎热炙烤着他，他心里又烦躁又耐不住饥渴，就俯下身子去喝黄河、渭水里的水。

很快，这两条江里的水都被他喝完了，他还是觉得很渴。于是他又向北方跑去，想去喝大泽里的水。那大泽，也就是瀚海，在雁门山的北边。鸟雀们繁衍后代、更换毛羽都会去那里。那里的水域纵横千里，是一处上好的水源。可是夸父还没有到达大泽，就因口渴死了。他像一座大山一样颓然倒在了地上，大地山川都因为这巨人的倒下而震动。

临死的时候，夸父抛弃了手里的杖。这杖落下的地方，化作一片绿叶茂盛、鲜果累累的桃林，给后来追寻光明的人解渴去乏，使他们还能趁着天光继续向前行进。据为《山海经》作注的郝懿行说，夸父留在人间的遗迹之一夸父山，又叫做秦山，在现在河南灵宝县的东南，和陕西的太华山相

连。山的北边有一座非常茂盛、方圆几百里的树林，几乎都是桃树。树林中佳桃遍地，被称作桃林。这里可能就是夸父倒下的地方。

披着马皮的蚕神

话说黄帝杀了蚩尤,各路神仙都来庆祝胜利。其中有一位披着马皮的蚕神,手中捧着两绞丝从天而降。这两绞丝,一绞颜色黄得像金子,一绞又白得像银子。蚕神将这两绞丝献给黄帝。

这位披着马皮的蚕神,原本是一个容貌姣好的姑娘。可惜现在身上多了一张马皮,附在她身上,如生根般,分寸不离。如果她把马皮的两边向中间拉拢一点,就可以包裹住自己的身体,而她就会马上化为一条蚕,一条有着马一样的头的蚕。平日里,在北方的荒野中,在高百丈、并排生长着的三株无枝的桑树近旁,这位蚕神就半跪着趴在另一棵大树上,不分昼夜地吐丝。于是,人们把这片荒野叫做"欧丝之野"。

那么,这位美丽的姑娘又为何会身附马皮,化身为蚕,

做了蚕神呢？这里有一个民间传说故事。

上古时候，有一位男子出远门，很久没有回家，家里只有一个小女儿和一匹公马。小女儿一人在家，平日里就喂养着这匹公马。她非常寂寞，也很想念她的父亲。一日，她就对拴在马房里的公马开玩笑似地说："马啊，你要是能够去远方把我的父亲接回来，我就嫁给你，做你的妻子。"

那马一听这话，立即跳跃起来，挣脱了缰绳，从马房里窜出，跑出了院子。不知跑了几天几夜，终于来到了小姑娘父亲住的地方。父亲见自家的马从千里之外的家乡跑来，又惊又喜。但看到马不住地望着它来的方向，伸长脖子，悲鸣不已，父亲心里忽然担心起来：是不是家里出了什么事？不然马为什么会不远千里跑来，还看着家的方向嘶鸣？于是，父亲一把抓住马的鬣毛，翻身上马，一刻不停地驾着马往家里赶去。

回到家里，女儿向父亲说明，家里并没有发生什么事情，只是她一人在家，实在思念父亲，马通人性，就去接了父亲回来。父亲便在家里住了下来，又见这匹马如此聪明，并且重感情，心里欢喜，就待它比以前不同，经常拿上等食料来喂养它。但是这马对于眼前丰美的食物，却总是没什么兴趣，不大肯吃，而每次见到小姑娘在院中进出，它就又叫又跳，神情异常。

这样的情况不止一次。父亲见此光景，心中奇怪，就秘密地问女儿:"你说说,那匹马为什么一见到你就又叫又跳?"女儿只得老老实实地说了她之前对马讲的玩笑话。父亲一听,严肃起来,板着脸对女儿说:"唉,真是太丢人了!这事千万不许说出去,最近几天也不许你再出院子的大门!"

这父亲虽然爱马,但更爱他的女儿啊,他绝对不能允许一匹马来做他的女婿。为免夜长梦多,父亲就埋伏了弓箭,将马射死在马房里。然后剥下马皮,将皮晒在院子里。

这天,父亲有事出门去了,小姑娘和邻家姑娘们在院子里的马皮旁玩耍。小姑娘一见那马皮,心里顿时生出一股闷气,就用脚去踢马皮,边踢边骂:

"你这畜生,还想让我做你的妻子?哼,现在皮被剥下来了,真是活该!看你还……"

话还没有说完,那马皮突然就跳跃起来,裹住小姑娘,快速旋转着,朝院门外跑去,瞬息间就消失在远方的原野上。邻家小姑娘们见此情景,一个个目瞪口呆,吓得不知如何是好,一时都愣在那里,又惊又怕地等着女孩的父亲回来。

父亲回家后,听了邻家小姑娘们的讲述,非常诧异,连忙到附近各处寻了一遍,没有踪影。过了几天,才在一棵大树的枝叶之间,发现了他那全身包裹着马皮的女儿。她已经变成了一条蠕蠕而动的虫,慢慢摇着像马一样的头,嘴里吐出一条白而闪光的长长的细丝来,缠绕在树枝四面。

  附近的人们赶来看这奇怪的生物，把这个吐丝的小女孩叫做"蚕"，说她吐出丝来缠绕自己；又把这树叫做"桑"，说有人在这树上丧失了年轻的生命。

  这就是如今蚕的来源。小女孩后来做了蚕神，那马皮也再没有离开过她的身体。

牛郎和织女

相传织女是天帝的孙女,也有人说是王母娘娘的外孙女,总之,她是一个仙女,住在银河的东边。

织女每天用一种神奇的丝,在织布机上织出层层叠叠的美丽的云彩。这些云彩随着时间和季节的不同,变幻着颜色,它们被叫做"天衣"。天衣,顾名思义,就是给天做的衣裳。天和人一样,要穿衣裳,虽然湛蓝的天空已经自有其美丽了,但是穿上五彩霞衣的天空更是美得可爱。这种织天衣的工作,除了织女,还有六位年轻的姐妹在做,她们也都是天上的织造能手。她们之中,又以织女最为勤勉努力。

隔着那条清浅的银河,就是人间。人间有一位牧牛的小伙子,叫牛郎。他的父母去世得早,牛郎常常受到哥嫂的虐待。最终,他被哥嫂不公平地分出家去了,他分得的只有一头老牛,就这样出来自立了门户。

依靠老牛的帮助和他自身的努力,他在荒野上披荆斩棘,竟也盖起了自己的小房子,营建了一个小小的家,可以勉强维持生活。家里除了他,只有那头不会说话的老牛。有时,他也会觉得屋子里冷清得厉害。

有一天,老牛突然开口说话了。老牛告诉他织女和别的仙女将到银河中去洗澡,让他趁她们洗澡的时候,夺取织女的衣裳,这样织女就可以成为他的妻子。惊诧的牛郎想了想,最终听了老牛的话。到了时候,他就悄悄到银河岸边的芦苇丛中躲着,耐心地等着织女和她的女伴们的到来。

过了一会儿,美丽的织女和仙女们果然来到银河中洗澡,她们脱下轻罗衣裳,纵身跃入清流之中。顷刻间,绿波荡漾的水面上,好似绽开了一朵朵芳香的白莲。这时,牛郎从芦苇丛中跑了出来,从青草岸上仙女们的衣裳中拿走了织女的衣裳。受到惊吓的仙女们急忙纷纷穿上自己的衣服,飞鸟般四下惊飞逃散。只有织女没有衣服不能逃走,一个人尴尬而又无措地浸在银河中。牛郎红着脸向织女说,只要她答应做他的妻子,他就把衣服还给她。织女看着这个有些鲁莽又很勇敢的小伙子,心里也动了一丝爱念,就用头发遮住身体,含羞点头答应了牛郎。就这样,织女真的成了牛郎的妻子。

他们结婚以后,男耕女织,相亲相爱,日子过得非常美满幸福。不久,织女生下了一双儿女,孩子非常可爱,这个家里时常充满了欢声笑语。夫妻俩以为他们会这样幸福地厮守终生，白头到老。

可是，不久后，天帝和王母娘娘知道了这件事情。他们查明了前因后果，非常震怒，立即派遣天神下界，捉拿织女回天庭问罪。王母娘娘怕天神办事疏忽，甚至亲自下界观察监督。

织女被迫和丈夫还有孩子惨痛地分离，被天神押到天上去。牛郎捶胸顿足，痛苦万分，立即用箩筐挑了儿女们，连夜追踪过去。他原以为渡过银河，就可以到天庭，哪知道跑到了才发现银河不见了，牛郎抬头一看，原来银河被王母娘娘用法力搬到了天上。苍蓝色的夜空中，银河仍然闪着潋滟的水光，可是对牛郎来说，这意味着他和妻子已经仙凡异路，不得相见了。

牛郎回到家里，放声痛哭，与儿女们抱作一团。这时，老牛又一次开口说话了："牛郎，牛郎，我就要死了。我死了以后，你把我的皮剥下来披在你身上，你就可以上到天庭去了。"老牛说完，就倒地死去了。牛郎含泪葬了老牛，依言披上老牛的皮，仍旧挑着一对儿女，追上天去。临出发时，为了使两个箩筐的重量平衡，他拿了个瓢放在了箩筐的一头。

牛郎来到天上，穿过灿烂的群星，果然见到了遥遥在望的银河。他大喜过望，带着孩子们向河对岸招手，孩子们齐

声欢呼着:"妈妈!妈妈!"谁知,就在牛郎一家要涉河而过的时候,从更高的天际突然伸出一只大手,手中握着金簪,沿着银河轻轻一划,清浅的银河就变成了波涛滚滚的天河。原来是王母娘娘着了急,亲自来干预了。

这下,牛郎他们过不去了。面对着茫茫天河,想象着自己的妻子就在对面,自己想见却不能见,牛郎的眼泪也像天河里的水一样,汹涌奔流。

"爹爹,爹爹,我们就用这只瓢来舀干这天河的水。"小女儿揩干了眼泪,瞪着雾蒙蒙的眼睛,倔强地仰起头对牛郎说。

"好,这天河算什么,我们来舀干它!"悲愤之中的牛郎毫不犹豫地一口答应了小女儿。

于是,这残缺的一家三口开始奋勇地舀起天河的水。牛郎用瓢,一双小儿女就用稚嫩的小手捧。这样执着而动人的爱情终于稍稍感动了威严的天帝和王母,他们允许牛郎和织女在每年的七月七日晚上相见一次。相见的时候,由喜鹊来替他们搭桥,夫妻二人就在鹊桥上相会,诉说衷情。织女一见牛郎,免不了又悲伤又欣喜地落泪,这泪水就化作阵阵细雨。这时,大地上的妇女们就忍不住带着同情和忧伤的语气说:"姐姐又哭了!"

从此,牛郎就带着他的一双儿女住在天上天河的对岸,与爱妻织女遥遥相望。当他们为相思所苦时,也有一些巧妙的方法，互通信息。直到今天，在秋夜的天空中，我们还可以看见两颗较大的星，分布在天河的两边，明亮地闪烁着，他们就是牵牛星和织女星。与牵牛星并列成直线的两颗小一些的星，是牛郎和织女的一双儿女。稍远的地方，有四颗排列像菱形的小星，据说就是织女投掷给牛郎的织布梭；距织女星不远处有三颗呈等腰三角形状的小星，据说就是牛郎投掷给织女的牛拐子。牛郎和织女把书信缠绕在梭和牛拐子上，投掷给对方，以此来慰藉彼此的相思。这样的爱情，也称得上亘古不灭、海枯石烂了。

愚公移山

北山有一个名叫"愚公"的老头子,已经九十岁高龄了。他家的对面,有太行、王屋两座大山,愚公一家进出非常不便。

愚公把家里大大小小的人召集起来商议道:"这两座山实在可恶,挡住了我们进出的道路。我们把它搬到别处,你们看好不好?"愚公的子孙们也都有些憨直的傻气,连连赞成:"好啊,好啊!"

倒是愚公的妻子有些疑虑,她说:"像你这把年纪,连魁父那样的小土坡都动不了吧,又怎么能搬走太行和王屋两座大山呢?况且,就算你能搬,挖出来的这些泥块石头又要往哪里堆呢?"愚公和儿孙们说:"这有何难,倒到渤海边上不就好了?"

既然大家都赞成并且想好了方法,移山的工程就这么决定了。愚公和儿孙们说干就干，马上开工。大家有的挖土，有的挑泥，干得热火朝天。集中起来的泥土和石头，就大家一起排好队朝渤海搬运。愚公的邻居京城氏家里只剩一个寡妇和她遗腹生的儿子，那小孩子刚到换牙的年纪，看见大家如此有干劲地干活，也蹦蹦跳跳地过来帮忙。

因为渤海离愚公家里很远，大家搬运泥土去渤海，一去就是大半年，路上换下棉袄又穿上单衫，才运了一个来回。河曲智叟看见他们这么辛苦，效率又很低，就笑着拦住愚公说："哎呀，老头子，来，过来喘口气歇歇，像你这么大年纪的人了，又能拿两座大山怎么办呢？"愚公回答说："你不要再多说了，我看你的见识，竟连那寡妇和小孩子都不如。你不知道即使我死了，我还有儿子，儿子死了，有孙子。儿子会生孙子，孙子又会生自己的儿子，这样世世代代是无穷尽的，又怎么会移不走这两座山呢？"河曲智叟被说得哑口无言，一时找不到话来反驳。

愚公这番话被天神听见了，怕他们家的人如此坚持下去，最后这两座名山真的会吃不消，就赶紧将此事报告给上帝。上帝听完这个故事，被愚公执着的精神感动了，就派了夸娥氏的两个儿子去替愚公把门前的两座大山背走，一座放在了朔东，一座放在了雍南。太行和王屋两座山，原本是连在一起的，从此就远远地分隔开了。

　　愚公不畏艰险，顽强有韧性，九十岁之躯仍敢于向自然挑战，实在是一大勇者。而愚公移山的故事也终于有了个好结局。

刑天舞干戚

蚩尤之后,还有人想与黄帝争上帝的宝座,刑天就是其中之一。

刑天原本是一个没有名字的巨人,因为和黄帝争宝座失败,黄帝砍掉了他的脑袋,这才有了称呼"刑天"。刑天,也就是上天来进行刑戮砍头的意思。

关于刑天的详细故事,今天已不可考。我们现在只知道他在常羊山上,他的脑袋被砍掉后,埋在了这座山上。失去了头颅的刑天,愤怒地用他的两乳当作眼睛,用肚脐来当作嘴巴,用整个身躯当作他的头颅。无头的刑天仍旧左手持着一面盾,右手握着一把板斧,挥舞不息,斗志不灭。

几千年后晋代大诗人陶渊明,在他的《读山海经》诗中感慨道:"刑天舞干戚,猛志固常在。"干,就是盾;戚,就是斧。刑天即使被斩首、即使看不见也仍要继续战斗。他的反抗精神和不灭的斗志,几千年来仍让人动容。

参商不睦

五帝之一的帝喾（kù），有两个儿子十分不睦。

一个是阏（è）伯，也就是契，殷民族的始祖，一个是实沉。这两兄弟自小就极为不和，互相看不起，一见面就吵架起纷争，让帝喾又无奈又生气。

长大后，两兄弟的相处情况更糟糕了。据《左传》记载，兄弟俩住在荒山野林里，每天都在舞刀弄棒，不是你来打我，就是我去教训你。二人各逞意气、互不相让。帝喾作为父亲实在没有办法，见住得近并不能化解二人的矛盾，就也不想再为他们和睦相处而努力，干脆让二人离得远些，互不相见，反而清静。

于是，帝喾把阏伯迁到商丘去（就是如今的河南商丘市），让他管理东方晶莹明亮的三星。三星，也叫心宿，又叫商星，是情侣们的星宿，它象征爱情像心脏一样坚固。又把实沉搬到大夏去,让他管理西方的参(shēn)星。心宿在东,参宿在西,二者在星空中此出彼没,彼出此没,永远没有相见的机会。而两兄弟也就从此分隔开来,再不复相见。从此以后,终于风平浪静,没有出过什么乱子了。

杜甫的《赠卫八处士》诗中说,"人生不相见,动如参与商",一般人也将兄弟不和睦称为"参商"。

后稷种五谷

殷民族始祖契的诞生故事,充满了天真烂漫的神话色彩:简狄吞吃鸟蛋,然后就有孕,生下了"契"。

周民族的始祖后稷,他的诞生故事虽也离奇,但已染上了人世悲苦的色彩。

据说,有邰氏的女儿姜嫄,有一天去郊野玩,回家时看见路上有一个很大很大的足迹。姜嫄心里颇为惊异,但也很好奇,就跑上前去,把自己小小的脚踏在了大大的脚印里。哪知她一踏上去,内心就感到一阵震动,回家不久,姜嫄就怀孕了。后来姜嫄生下了这个孩子,是个男孩,长得壮壮的,很结实,也很可爱。

但是,可能因为后稷是个没有爸爸的孩子,人们总是带着异样的眼光看他。后来人们干脆强行把他从母亲的怀里夺走,抛弃在了狭窄的小巷里。人们以为,这么一来,这个小孩子一定会被路过的牛羊踩死。可是说来奇怪，过路的牛羊不但没有踩死这个孩子，反而蹲下来照顾他，给他奶吃。

人们见这样没有害死他，就又想把他抛弃在森林里，可是偏偏正逢有人来砍树，嘈嘈杂杂的，没有抛弃成功。最后，恼怒的人们一气之下，将后稷抛弃在荒野的寒冰上，以为这一次小孩子一定会被冻死。可是天上的鸟儿不断飞下来，用翅膀捂着他，给他温暖。

这样一来，人们真的觉得不可思议了，同时也有些心软。跑过去一看，鸟儿们刚刚飞走，冻得红红的小娃娃在寒冰上摆动着幼嫩的小手小脚，哇哇地大哭。人们于心不忍，将他抱了回来，交给他的母亲抚养。

由于他曾经多次被抛弃，所以他的名字一开始叫做"弃"。后来他成了周民族的祖先，又教会了他的子民栽种五谷的方法，因此，他的子孙又都尊称他为"后稷"。

后稷从小就喜欢农艺。他做游戏，总是喜欢把野生的麦子、谷子、大豆、高粱以及各种瓜果种子采集起来，亲自种到地里。虽然人小手小，有时种得歪歪扭扭，但是成熟了的五谷瓜豆结的果实总是又肥又大，又甜又香，比野生的五谷好很多倍。等到后稷长大成人时，他的农业经验已经很丰富了，他甚至开始用木头和石块制作简单的农具了。

当时一些人们靠打猎和采集野果为生，常有食物不足的情况。后稷在农业上的成就帮助了很多人远离饥饿，慢慢

地，人们都对他十分敬服。而耕种这件事也在后稷母亲的家乡有邰传了开来。

后来，做国君的尧也听说了后稷和他家乡人民耕种五谷的故事，就聘请后稷来做农师，大约相当于全国的总农艺师，让后稷指导全国人民的农业工作。后来舜继承尧的位置，把有邰这个地方封给了后稷，给他做农业试验场。

后稷死了之后，人们纪念他教民稼穑的功劳，就把他埋葬在一个山环水绕、景色很美的地方，那里土壤肥沃、谷物丰美，还有鸾鸟歌唱、凤凰起舞。总之，人们对这位爱好劳动、又引导了他们走向幸福生活的远祖后稷充满了感激之情。后稷深受人民的爱戴，永远光辉而夺目地活在人们的心中。

节俭爱民的尧

尧作为"五帝"之一,是历史上有名的节俭、爱民的好国君。

传说尧住的屋子是用参差不齐的茅草盖的,屋里承重的柱子和梁所使用的木材也是直接从山里采下来的粗糙木头,并没有经过刨光打磨等工艺。日常生活中,尧吃的是糙米饭,喝的是野菜汤,使用的器皿也就是一些土碗土钵。尧身上穿着粗麻布制的衣服,天气冷了也就加一件野生的鹿皮披衫挡挡风寒。身为国君的尧如此节俭如此朴素,以致后来有人听说后感叹道:"恐怕就算一个守门的小官,过的生活都比尧过的好吧。"

除了刻苦俭朴,尧还是个十分顾念人民的君主。据说,国内有一个人肚子饿了,吃不上饭,尧就会说:"是我使他挨饿的呀。"国内有一个人很冷没衣服穿,尧也会觉得:"这

是我使他受冻、穿不上衣服的呀。"甚至国内有一个人起了恶念犯了罪,他也会说:"是我使他陷到罪恶的泥沼中的。"如此这般,尧总是要把所有的责任都扛在自己的肩头,他的仁爱顾及每一个百姓。

因此,在尧做国君的一百年中,即使发生了大旱灾,然后又发生了大水灾,人们也仍然认定他是一个好国君。人们对尧,始终是毫无怨言、衷心爱戴的。这就是上古时代和谐而又珍贵的君民关系。

尧传位于舜

舜年少时母亲去世得早,他经常受到后母和那个顽劣的弟弟的虐待,但是在这种环境下成长的舜依然有一颗仁爱孝悌之心。不多时,舜就以德行著称于世。

据说,舜在历山耕作,没过多久,历山的农人就受了他德行的感化,开始争着让田界;舜又去雷泽打鱼,没过多久,雷泽的渔夫也争着让起渔场来;舜到河滨去做陶器,说也奇怪,没过多久,河滨陶工做的陶器都更加美观耐用了。

舜所居住的地方,人们都喜欢靠近他来住,久而久之,这地方一年后就会变成一个小小的村庄,又过一年就会变成一个较大的城镇,三年之内简直会变成一个大都会。人们喜爱接近贤人至此,而舜的感召力也如此之大,真可谓是一项奇迹。

尧当时正在寻访天下贤人，寻找合适的继位者好把天子之位禅让给他。大族长们都推荐舜，认为他既贤孝又有才干。于是，尧先把他的两个女儿——娥皇和女英嫁给舜做妻子，又让他的九个儿子和舜一起生活，以考察他是否真的贤良而有才干。

舜就这样做了天子的女婿，但他的家里人不为他高兴，反而嫉妒得发狂。后母和弟弟几次三番想害他置他于死地，都幸亏娥皇和女英的帮助，舜才一次次死里逃生。可是舜却并不记仇，每次逃出命来之后，舜又似往常一样待他的这些家人，孝顺而友爱。直到舜正式继位了，依然对他的家人仁爱宽大，对父母恭敬孝顺，至此他的家人也终于被舜感化，心灵受到了深切的感动，真心诚意改过向善，与舜和解，并从此成为了好人。

当初，从女儿和儿子的报告中，尧已经知道了舜的为人，对他十分满意。但传位之前还是对他做了一番训练和考察。其中一个考试是将舜放在风雨欲来的大山林中，让他独自走出。勇敢的舜行走在山林里，完全没有恐惧。毒蛇见了他远远逃开，虎豹豺狼见了他也都不敢侵害。等到暴风雨来了，森林一片漆黑，树也变得张牙舞爪，人在林中极易辨不出东南西北。但是舜依旧不迷惑，不撤退，勇敢而坚定地走出了这片雷雨森林，见到了在林外等候着的来考他的人们。

在舜做国君的几十年中,他没有辜负尧当年的信任与寄托,做了许多有利于人民的事情,是一个让人敬佩和爱戴的国君。最后,舜同样没有将天子之位传给自己只知唱歌跳舞的儿子,他像尧一样,择贤而授,最终把王位传给了治理洪水有功的禹。

羿和嫦娥的故事

羿射十日

　　圣王尧也有烦心的时候。原本，天上有十个太阳，他们会轮流出现在天空中，照耀大地，万物一派生机盎然。可他们也是调皮的小孩子，偶尔使个小性子，或者想恶作剧，便一齐拉手在天上站着，他们高兴了，地上的生物们可遭了殃，河水断流，土地龟裂，寸草不生。

　　这十个调皮孩子，是东方天帝帝俊和月亮女神羲和的儿子。他们家原住在东海的汤谷里，南面邻着黑齿国，我们后面会讲到这个国家。太阳小子们喜欢在汤谷的海水中洗澡，这儿的海水常常像开水一样滚烫。汤谷的一侧长着一株巨大的桑树，名叫"扶桑"，繁密的枝叶延展好几千丈，树干也得有一千多人围起来那么粗，奇怪的是，他就靠着汤谷中沸腾的海水滋养生长。太阳小子们就住在扶桑的粗枝上，一人占据一个枝丫。等需要轮流上班时，一个兄弟用母亲的月亮车接回来，下一个当班的兄弟才会被送走，所以，人们每天看到的一个太阳，其实是十个。

扶桑树冠上，终年站着一只玉鸡。每当黑夜快要消失，黎明即将到来的时候，这只玉鸡就会展开它金色的翅膀，"喔喔喔"地啼叫起来。远处的桃都山上有只金鸡，它最先听到玉鸡的叫声，也引颈长鸣，向天下人宣告拂晓来临的消息，每当这时，野鬼游魂便会争先蜂拥逃回桃都山，通过鬼门，接受手拿苇索的门神神荼和郁垒两兄弟的盘查，如果是不祥之鬼，马上就会遭到门神的处决。听到金鸡的鸣叫，天下名山的石鸡们便学着叫起来，最后是千家万户的土鸡从睡梦中醒来，向人们发出黎明的通知，直至一轮朝阳出现在海天交接之处。

当天轮值的太阳儿子在上岗前，要先由羲和母亲带着，在汤谷里洗个澡，然后跨入太阳车，才算开始一天的正式旅行。在他途中的每一个重要地点，都会有一个相应的名字用来代表时间：太阳车升到扶桑树巅时叫"晨明"，洗澡后从汤谷里出来叫"朏明"，到达曲阿这里时叫"旦明"……这样一直到了悲泉之地，太阳车才会停下，太阳儿子从里面走出来，由母亲的月亮车接走。这个停车的地方就叫"悬车"。通常情况下，羲和母亲不会直接把他们送回家，而是让小儿子自己走一段路，目送着他们走向"虞渊"，进入"蒙谷"，望着最后几缕灿烂的金光涂抹在蒙谷水滨的桑树和榆树上，

羲和母亲才调转车头,迎着微凉的晚风,穿过繁星和轻云,回到东方的汤谷,着手准备明日的工作。

就这样日复一日,太阳儿子们在母亲的迎来送往中工作了几百万年,终于有一天,他们厌倦了这种单调乏味的生活。于是在一个晚上,他们趁着母亲还没回家,聚在一起商讨改变的计策。老大鬼点子多,他首先提出:"看着妈妈整日整夜的劳累,我们该为她想想了。等妈妈下班回家,我就跟她说,明天我值班的时候,不用她去送了,让她好好在家休息。趁妈妈休息时,你们就紧跟着过来,那一定很有意思。"弟弟们一听,大为赞同,马上随声附和。

回到家的羲和见到儿子们如此懂事,非常高兴,答允了大儿子的请求。第二天,十个明晃晃的太阳手拉手出现在了天空中,任母亲怎么呼唤,就是不肯回家。他们大呼小叫地蹦跳着,在广阔无垠的天空中任情玩耍,还相约以后天天都这么在一起游戏。

他们开心了,大地上耕种的农人可吃了苦头。太阳小子们天天齐刷刷出现,晒干了江河,晒裂了岩石,晒枯了刚栽种的小禾苗。眼看今年即将颗粒无收,人们天天焦急地盯着明晃晃的天空却无计可施,身为国君的尧只好带领大家向天帝帝俊祈求。帝俊既悲悯人间的苦难,又觉得这是小孩子的恶作剧,不忍心严厉惩罚,便派了神箭手羿来到人间,想办法给这群坏孩子一点教训,顺便帮助尧王解决其他的难题。

羿背着他的神弓，带着妻子嫦娥来到了凡间。他和人们来到一个空旷的地方，试图大声呼喊，劝说太阳小子们回家，无奈距离太远，小子们又太过炙热，羿根本无法近身。正在羿又热又急的当口，耳畔响起了人们愤怒的抗议和吼叫，这点燃了他心中早就生起的怒火，羿决定违反天帝的旨令，把这几个恶少狠狠收拾一番。他搭起银色的羽箭，对准其中一个太阳射去。说时迟那时快，"嗖"的一声，一团火球从天上直坠落地，周围空气顿时凉爽了许多。等人群围上去查看，才发现这团火球已经熄灭，地上躺着一只死去的三足金乌鸦，胸口上插着羿的箭。羿见状，心知惹了大祸，那金乌鸦就是太阳儿子的化身，索性替人们彻底解决问题。太阳儿子见状想跑，可他们压根儿逃不过羿的敏捷箭法，先后落地，一时间，人们的头顶上纷飞着金色的鸟羽。天气越来越凉快，一直射到还剩一个时，人们开始大声请求羿给他们留一个太阳，毕竟太阳对于万物是必不可少的。早被这情景吓得目瞪口呆的太阳小子也赶紧向羿求饶，表示自己以后一定不敢胡作妄为，羿这才放下神弓，放了最后一个太阳一马。

　　从这以后，天上只剩了一个太阳，他再也不敢偷懒，每天准时从扶桑树上升起，直到月亮母亲来接才回去休息。而因此闯了祸的英雄羿的故事，还没有结束。

羿为民除害

羿的第二个任务就是帮助尧王除掉危害人间的种种猛兽怪物。

在中原地带,危害最大要数猰貐。它是一头像牛的怪物,浑身通红,却长了一张人的脸,四只马的脚,嚎叫起来好像婴儿在哭泣。它本来是天界的神物,但不知什么原因,被一个叫"贰负"的神和他叫"危"的臣子合谋杀害,后来昆仑山上的一个巫师见它可怜,救了它一条命,却变成了如今这副模样。猰貐逃到弱水避难,没有食物,便取人类为食,而且不分男女老幼,被它碰上就保不住性命。羿是个疾恶如仇的人,怎能饶过这危害中原的怪物呢?斗了没有三两回合,猰貐再一次丢了小命。

接着,神勇的羿在尧王的指示下,来到了畴华之野,那里有一个叫"凿齿"的怪物等他消灭。根据见过凿齿的人讲，这是个人面兽身的家伙，舌头的形状像一把凿子，有五六尺长，这常人最柔软的器官，却是它最锋利的武器。借着一身野性和锐利的舌头，凿齿在这一带没有敌手，直到遇上了羿。

可惜凿齿也只是色厉内荏的角色，一听说羿是刚刚射了九个日头的天神，立马慌了手脚，连忙拿出一面盾牌来保护自己。羿不慌不忙地举起神弓，冲着盾牌就放了一箭。这一箭不仅穿透了盾牌，也穿进了凿齿的心脏，它当场就一命呜呼了。

随后，羿又来到了北方的凶水。这里有个能喷水吐火的九头怪，名叫"九婴"，本领是通观四周的一切动静，所以出来作恶的时候更加肆无忌惮。羿和九婴展开了一场激烈的战斗，一时间火苗滚滚，浓烟漫天，水柱直立，恶浪滔滔。但九婴毕竟不是羿的对手，很快，筋疲力尽的怪物被羿射死在凶水之上。

在去东方的路上，羿经过了一个叫青丘之泽的地方，那里有一只叫"大风"的鸷鸟在作恶。"大风"就是"大凤"，这鸟是孔雀中体型硕大的一种，因为性情凶悍，常常攻击人畜。它飞翔经过的地方，会被它巨大的翅膀掀起的气流引发大风，所以人们索性称它为"大风"。羿听说了它多力善飞的特性后，担心用弓箭是射不死它的，等它养好伤，还会出来伤人，便灵机一动，在箭尾拴上了一根又细又牢的青丝。

果然,这大风鸟中箭之后仍带着羽箭死命逃跑,羿趁机在地面上牢牢抓住青丝,使出九牛二虎之力,把它从空中拽了下来。接着,羿抽出利剑,迅速把它砍成几段,为当地生灵除了大害。

听说南方的洞庭湖畔,近年来出现了一条巨蟒,经常兴风作浪,被它吞噬的渔民不知有多少了,羿马上日夜兼程来到了这里。由于蟒蛇住在深深的湖底,羿不能亲眼见到它,只好向当地人询问情况,可怜的渔民们一提起它来,便心有余悸。一个老奶奶向羿讲道:"这蛇有一百多丈长,红脑袋,白身子,发出的声音就像牛在吼叫。"还有人绘声绘色地描述道:"它脊梁上长着猪鬃般的硬毛,'嘶嘶'的声响像敲梆子!它出现在哪儿,哪儿就会发生旱灾。"羿还听说,这条蛇叫"巴蛇",黑身子,青脑袋,嘴巴一张就能吞下一头大象,三年后它吐出的象骨能包治百病。总之,众说纷纭,莫衷一是。羿无奈,只好自己驾着一只小舟,在风浪中寻找这条巨蟒的踪迹。

功夫不负有心人,这巨蟒终有一天被羿逮了个正着儿。它昂着头,吐着饥饿的、如火焰一般的舌头,掀起了滔天巨浪,气势汹汹地向羿的小舟冲来。羿心中一阵狂喜,忙拈弓搭箭,对着巨蟒便射。负了伤的巨蟒忍着疼痛往岸边逃去,羿紧追不舍,抽出佩剑,和它展开了殊死的搏斗。只见巨浪挟卷着阵阵血腥,铺天盖地。不久,巨蟒的尾巴无力地抽搐了几下,再也不能动弹了。岸边观战的渔民们欢呼雀跃,一起呼喊着大英雄羿的名字,响彻天地。

羿走后,人们把巨蟒的尸体打捞上岸,用它的骨头堆了一座山,这就是如今岳阳城里的巴陵,也叫巴丘,小山的下面就深临着洞庭湖,人们要用巴陵来警告湖里那些妄想作恶的怪物们。

当羿再次回到中原,他为人民做了最后一件好事。在桑林这个地方,有一头大野猪"封豨",它长着大长牙和尖利的爪子,力气赛过犀牛。它破坏了地里的庄稼,还袭击无辜的路人,可惜恶贯满盈,遇到了英雄羿,想逃也逃不掉。蠢笨的封豨被羿一箭射中,周围帮忙的人便一拥而上,七手八脚地把它活捉回去了。

很长一段时间内,天下再也没有禽兽精怪敢危害人间了,尧王真是喜不自禁。

嫦娥奔月

这本是一个大家都耳熟能详的故事,今天我们来讲讲关于羿和嫦娥不太为人了解的一些事。

羿为人类除了七桩大害,得到了普天下人民的敬爱,一时间到处都传颂着他的伟绩,连羿自己也深感此行不辱天帝使命,满心欢喜。他将封豨宰杀,挑选出最美味的部位,请妻子嫦娥精心烹饪,做成了上等佳肴,恭恭敬敬地进献给天帝帝俊。可他却忘了,一时意气射下了九个太阳,让帝俊非常悲痛和愤怒,此时的帝俊看到羿就气不打一处来,哪儿还有心思品尝美味呢?帝俊铁青着脸,追究起羿的不是来,最后他决定,惩罚羿和嫦娥夫妇二人再也不许回天庭。

羿的一腔喜悦此时一下子烟消云散,他万万没想到天帝会给予他如此沉重的惩罚。可他也不能申辩,只好垂头丧气,一步一回头地离开了。见到了妻子,他满腹的委屈和悔恨终于有了一个倾诉的对象。但这个不幸的消息对于自幼就在天庭生活、娇生惯养的嫦娥来说，不啻晴天霹雳。她没有安慰痛悔而沮丧的丈夫，反而生气地数落他："我早就料到你的鲁莽会铸下大错！那九个太阳可是天帝的儿子啊，如今你射杀了他们，成了人间的大英雄，你不能回去倒罢了，我可不甘心呐！你可知道，成了凡人就再也不能长生不老了，死后要到阴曹地府，和鬼魂们为伍，多么骇人啊！"嫦娥越说越激动，不禁"嘤嘤嘤"地哭了起来。羿一时也没了主意，只好婉言安慰她，并说自己也不愿意死后下到地府里去，先在人间安顿下来，可以日后慢慢想办法。

不久之后，嫦娥就听说在昆仑山的西方，住着一位神人，人称"西王母"，她那里有不死神药，便央求丈夫去取。

要知道，从中原到西域，期间几千里路程，充满了艰难险阻，但羿为了满足妻子的心愿，决定鼓足勇气，徒步前往昆仑山。

再说那昆仑上的西王母，可不像她的名讳那样，是个慈眉善目的神仙老母，而是一个长着豹尾、虎牙，头发蓬乱，头戴玉胜（胜是一种首饰）的怪神。她擅长嚎叫，主管人间的瘟疫和刑罚，有赋予和剥夺生命的权力。平时她都住在岩洞中，由三只青鸟轮流寻找食物供给她吃。这三只青鸟则住在昆仑山西方高耸入云的三危山中，有三只脚，青色的身躯上长着红脑袋、黑眼珠。它们擅长飞行，经常横跨万里，呼

啸着来到西王母居住的岩洞中,给她带来各种从空中或者原野上抓来的猎物。等西王母用完餐,它们就一颠一拐地上前收拾残渣。西王母性情暴戾,很少出门。她心情愉快的时候,才会走出山洞,站在悬崖绝壁上,伸长脖颈,尽情长啸,每当此时,林间的雄鹰和虎豹都会闻声而逃。而她伫立的悬崖下面,是落一根羽毛都会沉到水底的弱水,外面则是一座喷发着烈火的高山,连一只小虫都飞不进来。我们后面还会讲到西王母的故事。

书归正传,羿历尽千辛万苦,终于来到了那座烈焰高山的脚下,他该怎么翻越过去呢?好在羿拥有能够斩杀怪兽的坚毅勇气,还有尚未消泯的一些神力。他奋不顾身地跨越了火山和弱水,在昆仑山下见到了守门的开明神兽和好几丈长的谷穗,他知道自己找对了地方。羿又向上攀爬了一万一千一百一十四步二尺六寸,才来到了西王母居住的山顶。

面对如此坚韧不拔的羿,还有他宽厚诚挚的请求,西王母奇迹般地破例,因为连她都同情为人类除害却遭受不公正待遇的英雄。她走进洞中,为羿和嫦娥包好足够两人吃的不死之药,然后走出来交给羿,并郑重嘱咐他:

"此药是用从不死树上摘下来的不死果炼成的。那不死树三千年才开一次花,六千年才结一次果。给你的药足够你们夫妻俩吃,吃过会长生不老;如果一个人全都吃了,还有返天成仙的可能。但是你记住,这药只剩这么多了,此外再也没有了。"

羿谢过西王母,将药包悉心揣在怀中,高高兴兴跑回了家。他把药交给了妻子保管,打算挑一个黄道吉日,夫妻二人一起服下此药。数月以来的人间生活,让羿感受到了男耕女织的美好安静,他喜欢人间的生活,想要从此留下来,再也不回天上了,只要能长生不老就行。可嫦娥却不这么想,她怀念在天庭的神仙日子,觉得如今受了那么多苦和累,都是丈夫的过错。她渐渐在心里有了自己的主意:为何不等丈夫不在家时,自己偷偷把所有的药都吃了,那不就能重回天上了吗?

一个月光皎洁的夜晚,嫦娥听信了一个巫师的占卜,因为他照着卜辞唱了一首吉祥的歌谣:

"恭喜夫人大吉大利!

有一个聪明的娘子,

她将单独到遥远的西方,

世道是如此的纷纷扰扰,

去吧!不要恐慌!

命中注定要大大昌盛!"

趁羿出门,嫦娥赶忙将所有的不死神药都塞进口中。果然如西王母所说,她觉得自己的身体越来越轻,脚慢慢离开了地面,然后不由自主地越过了窗棂,飘飘悠悠地向天上飞去。陪伴在嫦娥身边的,只有几丝云彩和村庄里袅袅上升的

炊烟。望着渐行渐远的人间，嫦娥忽然慌了神，她不知道自己该飞去哪儿，去天庭？不行，众神一定会耻笑她这个背叛丈夫的女人，要是丈夫找了上来，她也不知道该怎么应对。嫦娥猛然抬头见到美丽的月亮，一念闪过：不如就去那儿吧！或许还能躲一躲。

嫦娥飞到了月宫，却没有想到，看起来静美的月亮上面竟是一片荒凉。除了一只天天捣药的白兔、一株高五百丈的桂树，什么都没有，哪里来的"大大昌盛"！更可怕的是，嫦娥到了月宫，气还没喘定，就发现自己的身体发生了变化：她的脊梁骨在下缩，肚子和腰身却尽力膨胀，嘴巴变阔，眼珠变大，脖子和肩膀都碰到了一起，周身的皮肤上竟然长出来铜钱般的疙瘩！原本超群绝世的美人儿，因为一念的自私，从此变成了只蟾蜍，就是癞蛤蟆的化身。

若干年后，学仙有过的吴刚被罚到月宫里砍伐桂树，但这五百丈高的桂树总跟他闹别扭，创口随砍随合，就是让他砍不倒。

如今的嫦娥，又开始怀念起和丈夫羿在人间的平凡生活，可她想念得越厉害，月宫的荒凉寂寞就越难以忍受。她后悔自己的冲动决定，天天祈盼羿能来到月宫搭救她回去，但伤心欲绝的羿哪里知道她的悔意呢？嫦娥盼望了千万年，也只能是空想。

宓妃慕羿

我们回头再来讲羿。羿回到家里,发现妻子失踪,又看到地上扔着那个装神药的葫芦,敞开的窗页还在夜风的吹动下吱嘎作响,他一切都明白了。顿时,悔恨、愤怒、失望成为这世间最凶猛的毒蛇,咬噬着他的心。他不知道妻子去了哪里,只能坐在床上呆呆地望着窗外的月亮。那清亮的月光洒在紧咬着嘴唇的羿的身上,像是抚慰,又像是嘲弄。从此,孤家寡人的羿性情大变,他变得暴躁、偏激,一点点小事都能激起他的怒火。他再也不想什么长生了,因为人生对他而言没有了任何乐趣。每天,羿都会拿着神弓羽箭到各处打猎,借以打发渐渐衰老的年华。直到有一天,落寞的羿在洛水边上遇到了宓妃。

宓妃又叫雒妃,是伏羲的女儿,有次在洛水游玩,不小心溺水身亡,便做了洛水的女神。她生前就以美貌闻名于

世,身后赢得了历代诗人的热情赞颂。东汉时的王子曹植,专门为她做了一篇《洛神赋》,其中赞美道:"她的形影,翩然若惊飞的鸿雁,婉约若游动的蛟龙。容光焕发如秋日下的菊花,体态丰茂如春风中的青松。她时隐时现像轻云笼月,浮动飘忽似回风旋雪。远望之,明洁如朝霞中升起的旭日;近视之,鲜丽如绿波间绽开的新荷。她体态适中,高矮合度,肩窄如削,腰细如束,秀美的颈项露出白皙的皮肤。既不施脂,也不敷粉,发髻高耸,长眉弯曲细长,红唇鲜润,牙齿洁白,一双善于顾盼的闪亮的眼睛,两颊上还有一对儿甜甜的酒窝……"

可如此美艳的宓妃,却有着不幸的遭遇。她的丈夫是黄河的水神河伯,本名叫冯夷或者冰夷,也是因为渡河被淹死才做了水神的。他长了一副白皙的面孔,仪态风流潇洒,却是个不折不扣的浪荡公子。他还有另一副模样,上半身是人,下半身却拖着一条长长的像北海陵鱼一样的尾巴。河伯经常喜欢坐着荷叶为蓬的水车,驾着螭龙,和一些本是山精水怪的女郎在九河遨游,玩得兴起,便把宓妃忘得一干二净。尽管宓妃对此愁肠百结,却逃不出河伯的手心。

那是一个秋高气爽、艳阳高照的日子,宓妃领着一群水仙,兴致勃勃地在洛水水滨游玩。她们有的从激流的浅滩上采摘黑灵芝;有的在岸边丛林里拾取斑斓的翠鸟羽毛;有的则手捧着从深潭中觅得的年老蚌珠,翩然疾行于碧波之上,一个个往来倏忽，尽显无忧无虑的本性。只有宓妃一人，悄悄从女伴中走出，伫立在悬崖边上，怅然远望着无际的原野。那黯然的神情、凄凉的微笑，就像是静夜明月旁掠过的缕缕灰色浮云。当她遥遥望见那骑着骏马飘然而来的羿时，难免心生爱慕之情。而这对于同样处境的羿来说，自然求之不得。

可这一切偏偏被河伯的走卒们瞧得一清二楚。那曾在天帝面前奏过音乐的猪龙婆、河伯从事团鱼、河伯度事小吏乌贼，在水面巡视时一得到确切的消息，马上气急败坏地跑回去向河伯告状。要说这些使臣也不是一般人物，他们每每出来都排场很大，他们常常变成人的样子，身着白衣，头戴黑帽，骑着一匹红鬃白马，身后跟着十二个小鱼小虾变作的童子，一齐在水面上疾驰。而马蹄所到之处，河水漫延，大雨滂沱，直到黄昏才打道回府。因此，沿河两岸，尤其是下游的人民常饱受水患之苦。

河伯一听禀告，不由得怒气冲冲，头脑一热便决定亲自出门侦察，可心里又实在惧怕曾经射杀过太阳的羿，只好化成一条白龙，在河面上探头缩脑地游行。但作为水神，他一出来打探可不要紧，苦的是沿岸无辜的百姓——一时间洛水中翻腾起滚滚洪涛，天上大雨倾盆，河伯就这么暴露了自己的行踪。羿最痛恨这种为了一己私利便连累百姓的行为，他愤怒地搭起弓箭，向着那白龙射去。羽箭不偏不倚，正中河

伯的左眼。河伯一瞧自己根本不是羿的对手,只得潜回水底。接着,他就跑到了天帝面前,瞪大了右眼,哭哭啼啼地告羿的御状:

"英明的天帝啊,那羿实在是欺人太甚,您得替我杀了他啊!"

"那你那左眼是怎么回事?"天帝问道。

"它……它是因为……我变成了一条白龙,在河面上巡视的时候……"河伯自知不可以轻易出门,滋扰百姓,理亏之下开始语无伦次起来。

天帝早就了解河伯的平素为人,心中很是不满,见他恶人先告状,马上不耐烦地打断他:"你也活该!不好好在自己的辖区内管事,偏要变成什么龙来危害地方,那倒了霉也怪不得羿!"

河伯告状,自讨没趣,就回家去找宓妃出气。宓妃看到河伯被羿射瞎了一只眼睛,心里也不免有些后悔。自己再一思量,虽为水神,恐怕适应不了陆地的生活,又听说羿的性情十分暴躁,自己将来料想也难得幸福,于是也慢慢疏远了和羿的交往。

逄蒙害羿

羿遭到了宓妃的抛弃,深感人间竟同天庭一般,也充满了不信任和欺骗,更加暴躁厌世,成天沉溺于狩猎中。

在陪伴羿打猎的猎手中,最得羿喜爱的人就是逄蒙,他机智勇猛,一点就通。羿为了将自己射箭的技艺流传下去,便收逄蒙为弟子,悉心教导。

逄蒙刚学箭的时候,羿教导他说:"要想学射箭,就得先学会不眨眼,等你练出这个功夫再来找我吧!"于是逄蒙回了家,整日仰卧在妻子的织机前面,目不转睛地盯着织机的脚踏板,不管踏板转得多么快,他的眼珠就是一动也不动。从开始坚持不了一会儿就满眼泪水,到三个月之后,即使拿着锥尖逼向他的眼睛,他也不会眨一下眼。

逄蒙欢天喜地地跑到羿的跟前,可羿却对他说:"这哪儿够啊!你还得学会看东西,把不显眼的小东西都能看成极

显眼的大东西。等你练出这个功夫再来找我吧!"逢蒙便去找了一根牛尾上的细长毛,抓来一只虱子拴住,挂在南面的窗子上,每天练习用肉眼盯虱子。十几天之后,那只虱子慢慢变大了。又过了很久,逢蒙眼中看到的虱子竟然如同车轮大小。当逢蒙再去看别的正常事物时,它们都像一座小山或者大山。

羿非常欣慰弟子有如此神速的进步,他拍着逢蒙的肩膀说:"现在你可以学习射箭啦!"于是,羿把他的射箭技艺倾囊相授,逢蒙也勤学苦练,两个人的本领很快就不相上下了。因此天下人一提起射箭的高人,便毫不犹豫地将羿和逢蒙相提并论。羿见自己培养出了这么一个出息的徒弟,对于往事的伤心也释然了许多。

可是,羿没有看出来,逢蒙竟然是个心胸狭窄的小人。他容不得别人比他好,哪怕是自己的恩师。有一次,学成的逢蒙想试试究竟他和羿谁的技艺更高明,便对老师说:"师父,天上有一排大雁,咱们正好可以比试一番啊!"说罢逢蒙便连发三箭,为首的三只应声落地,正中头部。羿不慌不忙地拈起羽箭,头也没抬地射出三箭,也射中了三只大雁,而三箭都插在右眼上。逢蒙不得不佩服师父的本事,连连叫好。但他在心里却更加嫉恨羿了,这之后便时刻寻找时机,他想,把羿除掉了,他便成了天下第一。

那天,羿带着逢蒙出门打猎,路才走了一半,逢蒙借口说家里有急事，匆匆离开，其实他是藏在羿回家的必经之路上，好伺机下手。等到羿带着猎物回家，突然在林间看到白光一闪，原来是一支箭朝着他飞速而来。羿也不敢怠慢，马上弯弓射箭，只听得"铮"的一声响，两支箭尖对尖，发出了耀眼的火花，尔后跌落在羿的马下。羿刚舒了一口气，却见丛林中紧接着飞来第二支箭、第三支箭……羿应接不暇，可凭着征战一生的经验，用刚才的方法一一化解。直到他用完了箭囊里的最后一支时，逢蒙神气活现地出现在了他的面前，手中还捏着一支利箭，正对准了自己的咽喉。

还没等羿回过神，利箭已如流星一般"嗖"地飞了过来。羿只能本能地向后一躲，哪知那利箭像长了眼睛似的呼啸着，飞进了羿的嘴巴里。羿一个跟头从马背上翻滚下来，重重地跌落在地上。逢蒙见状，以为师父已死，阴笑着走上前来，查看羿死去的面庞。就在此刻，羿忽地睁开眼睛坐了起来，抽出口中的箭，连声叹气："唉，白学了，全都白学了。"同时将箭向逢蒙的脑门射去。

逢蒙大叫一声"不好"，抱住脑袋就往回跑。他以为躲在大树后面就可以躲开利箭，但那箭像长了眼睛似的，绕过树干又追了上去。逢蒙连忙迈开大步，撒腿就跑，利箭紧追不舍。逢蒙跑得快，箭就追得快；逢蒙跑得慢，箭就追得慢，直把这个坏家伙累得气喘如牛，大汗淋漓。他实在是跑不动了，才大声讨饶：

"师父饶了我吧！我再也不敢了！"

"你走吧！"羿鄙夷地挥了挥手，那箭像听话的孩子，一头栽落在地面上。他走近逢蒙，语重心长地说：

"怎么你连我的'啫镞法'都认不得了？看来你还要加劲儿练习啊！"

可惜羿的宽宏大量也没能使逢蒙回心转意，他怀着报复的心理，表面上在老实恭敬地继续练习，私下里却进行着可怕的谋划。逢蒙用桃木削了一根结实的大木棒，随时带在身边，跟羿说可以拿它挑起中箭的猎物，还能防身。见他把这棍棒操练得心应手，羿不仅没起疑心，还夸奖逢蒙聪明能干。

机会终于来了。那日，羿在林子里射雁，他让逢蒙去捡落在附近的死雁，自己继续射杀。心怀鬼胎的逢蒙见时机成熟，便弓身来到羿的身后，猛地站起身来，用手头的桃木棒使尽全身的力量向羿的后脑击去。

羿只觉天旋地转，还没等他张开弓，第二棒紧接而来，鲜红的血液顿时从羿的头部汩汩流出，他再也没有力气去拉动弓弦了，只留给逢蒙满怀着愤怒和轻蔑的一瞥，那伟岸的身躯便如山峰一般，颓然倒地。

一生为民除害的大英雄羿，就这样无声无息地死在了他亲手培养起来的徒弟手里。人们为了纪念他，供奉他做了诛邪除怪的宗布神。

鲧禹治水的故事

鲧盗壤生禹

故事还得从尧统治的时候讲起。相传在他统治的某段时期，人民相信了种种邪道，做了许多坏事，因此触怒了天帝。天帝决定降下洪水，来警戒这些无知的小民。可怜的尧王，刚刚经历了连年的旱灾，又要面临治水的危机。要知道，执行降水任务的可是头撞不周山的大神共工，他只顾自己借机炫耀威力，却不管人间的死活。这洪水，一泛滥就是二十多年。

在这段洪荒时代中，人们扶老携幼，举家搬迁到地势较高的山上，开始还在山腰上的洞穴里居住，后来随着水位上涨，他们只能爬上粗壮的大树，过着朝不保夕的日子。更可怕的是，人类无处安居，那些毒蛇猛兽也没有了藏身的地方，只得来跟人争抢地盘，没有足够的食物，便把人当成果腹的口粮。人间真是一片凄惨的景象！

就在这时，一名叫鲧的天神挺身而出，恳请他的祖父——天帝收回成命，饶恕那些无助的子民。可余怒未消的天帝根本不听他的劝谏，反而把鲧严厉训斥了一番！但是鲧却没有因此退缩，他暗下决心，即使神力不够，也要靠自己的力量帮助人间解除痛苦。

一天，苦苦思索却毫无办法的鲧碰到了一只乌龟和一只猫头鹰正朝他拖拖跶跶走过来。看到鲧一脸的愁苦，它俩赶忙相问。得知缘由后，它俩齐声说道：

"要平息洪水，一点儿也不难，弄到'息壤'就行啦！"

"我虽然听说过，可从来也不知道那究竟是什么啊！"鲧更着急了。

"'息壤'看上去就和普通的土壤没什么差别，但却能生长不息。天下大水，撒一点点在地上，土地马上就会生出许多，积成山脉，堆成长堤，洪水自然消退了。不过，我们只知这东西在天庭，具体在哪儿可不清楚。那可是被天帝视为至宝啊！"

"多谢二位，剩下的便交给我吧！"鲧的眼睛闪闪发亮，面容却依然忧郁——他也清楚，如果盗出息壤，将面临着天帝的惩罚。

见鲧意志已决，乌龟和猫头鹰不免叹息离去。

"有志者，事竟成。"鲧竟然想办法盗取了息壤，具体细

节因为离我们太久远了,没办法告诉大家。之后的事情猜也猜得出,鲧马上赶往下方,帮助人民阻塞汹涌的洪水。这东西真是神妙,所撒之处生出绵延不绝的陆地、山冈、大堤,肥沃的土壤中又一次长出了绿色的植物。人们从树梢上的窝巢里爬下来,从高处的洞穴里钻出来,走进这一片重新焕发生机的绿野中,用枯瘦的身躯欢呼着,感恩大神鲧的悲悯之德。

而喜悦的人间之上,天帝发现了息壤被盗的事。他比当初下旨降下洪水时还要愤怒,因为他痛恨的是,天国怎能出了鲧这样叛逆的臣子,他的家门又怎能有鲧这样忤逆的儿孙。盛怒之下,他派出了凶残的火神祝融,来到人间收回剩余的息壤,并将辛劳治水的鲧抓到了羽山这个地方。

羽山在天地的最北极,是个终日不见阳光的幽暗地方。可怜的鲧不是祝融的敌手,终于被祝融奉命杀死。可是,鲧虽然死去,为重回洪水猛兽手中折磨的人民结束苦难的志愿却没有改变。坚韧的精魂,使他的尸体整整三年都没有腐烂。他没能自己实现心愿,肚子里便奇迹地孕育了一个小生命来替他完成使命,这就是鲧的儿子禹。

天帝听闻这件奇事,非常震惊,害怕鲧会变成精怪,滋扰世间,就派了大臣手持宝刀,到羽山剖开鲧的肚子看看。这一刀下去可不要紧,一条长角的虬龙从鲧的腹中一跃而出，禹，这集聚着鲧所有心血和精魂的斗士出世了。而忍辱负重的鲧，也变成了一条黄龙，跳进了羽山边上的深渊，默默看着儿子实现他的遗愿。鲧从此没了消息。

大禹治水

目睹刚才奇事的大臣,急忙赶回天帝那儿报告,天帝真的害怕了。既然叛逆的鲧能凭着自己强大的意志生出禹,那么禹也将把父亲的反抗精神世代沿袭。恐惧中的天帝,渐渐生出了悔悟之心,罢了,对人间的惩罚也足够了,还是叫禹拿了息壤,索性把洪水彻底治理好吧!共工却不这么想,这些年他常常为自己的"杰作"沾沾自喜,如今说收回去就收回去,哪里还有他显本领的地方!

禹带着一群大大小小的龙下至人间,请他们导引水路。其中,应龙导引主流,因为他曾经协助天帝,也就是升上天国的黄帝,杀死蚩尤,立下了大功;其他的龙来导引支流。禹还用刀把息壤切成小块投向大地,大地上立即出现了高高的堤岸阻挡洪水。不甘心的共工接着就掀起巨浪,猛烈地冲毁大堤,把人畜再次冲进激流滚滚的汪洋中,洪水比之前漫延得还要凶猛，一直淹到了大地东边的空桑。

共工如此蛮横，禹决定先除掉他，避免他继续破坏自己治水。于是，他在会稽山下召集天下众神，一同商议如何对付共工。大家都按时前来，只有倒霉的防风氏迟到了。禹为了以后能够众人行动一致，便把防风氏给杀了，借此警示众神。两千年之后的春秋时代，吴国和越国打仗，吴王把越王围困在了会稽山上，在攻山的过程中，吴国人在山里挖出来一节长长的骨头，长到得用一辆大车才能装下。谁也不认识这节骨头的来源，就去请教当时最博学的孔子，这才知道，原来它属于当年被禹杀死的防风氏。

众志成城，共工自然败下阵来。禹终于可以安心治水了。

鲧虽然一心为民，却只知堵塞流动的水，短时间管用，很快积蓄着巨大力量的洪水就会把土地冲走。禹改变了治理方法，以疏通水流为主，起到了彻底解决的效果，直到现在，人们仍然延续他的办法。

禹骑着一只大黑乌龟，叫应龙在前面带路，应龙的尾巴画在哪儿，他就按着这条线带领人民开凿出河道，一点一点把洪水导引进大海里，就这样形成了今天的大江大河。对于深不可测的洪泉深涧，禹就拿息壤填平，形成了大家如今见到的高山群岭。

当禹治理到黄河时，一个白白脸孔、下身是鱼的长人从

波涛中一跃而出,来到禹的面前。他递给禹一块湿淋淋的青石板,又跳进水中不见了。禹仔细观察那块石头,看到上面刻着弯弯曲曲的线条,马上就明白过来,原来这是一幅治水的地图,可以当作全盘工程的参考。后人将这块青石板叫做"河图"。而那个献图的长人,就是当年因为欺辱宓妃而被后羿射瞎了一只眼睛的河伯,自那时起,他就收起自己暴烈的性情,改邪归正了。

　　帮助禹的可不止河伯。据说开凿龙门山的一天,禹偶然走进了一个大岩洞,当深不见底的山洞把禹身后最后一丝光线都掩盖的时候,他只能重回洞口,点燃火把,再次进入。这次,禹看到了眼前有一条十余丈长的大黑蛇,头顶的角上嵌着一颗夜明珠,将整个山洞照耀如白天。也不知道往前走了多久,黑蛇带领禹到了一座明亮而开阔的殿堂里,很多穿黑衣的人围绕着一个人面蛇身的怪神,正用迟疑的眼神打量着他。禹大胆猜测,这身打扮应当是九河神女华胥氏的儿子伏羲吧?两人攀谈起来,果真如此。伏羲和禹一见如故,更感佩禹治水的辛苦和坚忍不拔,便从怀中掏出一块像竹片的玉简交给他,说:"别看它才一尺二寸长,可是你丈量土地的好宝贝!"

　　要说这龙门山,可真是治水的大麻烦。这么一座大山,和另一座叫吕梁的大山把黄河的去路挡得严严实实,黄河滚滚,流到这儿还得再流回去。共工降水那会儿,这里的水怪趁机作乱，洪水把上游的孟门山都淹没了。禹见到这番光景，便用神力将龙门山劈作两半，黄河水从两扇门一样的山间奔泻而出。后来，黄河下游和其他江海里的大鱼，每到一定季节就聚集在这龙门山下，争相往上跳，能跳过这道门槛就可以从鱼变成龙，升天而去，跳不过的只好灰溜溜回去接着做鱼。

接下来，禹来到了淮河流域。在淮河边的桐柏山附近，常有无缘无故的大风和雷鸣，禹知道一定有妖怪作祟，他发了狠，召集众神请他们协力捉妖。可是这桐柏山上的神怪们唯恐殃及自己，就是不肯说出罪魁祸首。禹让大神夔龙拘囚了几个狡黠的小怪，他们吐露，在涡水和淮水之间，有一个叫"巫支祁"的水怪在捣乱。

这水怪长了副猿猴的模样，脖颈一伸有十来丈长，而且力大无穷，能掀翻九头大象。见禹来抓他，便使出平生力气，头一伸，尾一摇，从口中吐出一股比墨汁还黑的黑水，直把山野天地染成一片浓黑。禹可不怕他，抓起挖土的长锸就向巫支祁冲去。巫支祁看黑水吓不倒禹，赶紧又吐出一口黄水，把在场的人们冲得东倒西歪。紧接着巫支祁吐出第三口红水，想借机把众人淹死，幸亏禹大勇大智，领着人们冲杀过去，把筋疲力尽的巫支祁撵到了下游一座无名大山之中。

禹丈量了山势和水深，决定挖掉这座山，让巫支祁没有

藏身之地。可这水怪趁着人们白天干活时就把精力恢复好，到了夜晚人们休息时才一口一口地把挖走的山石吃进口里，再吐回原来的地方。一来二去，顽石比之前还坚硬。愤怒的禹腾云驾雾，来到天庭，找二郎神帮忙。他借来了赶山鞭，用足力气，挥起鞭子朝山头猛抽过去，"喊咔"一声巨响，大山被抽出一个陡峭的豁口，洪水立刻从山口中泻走，这就是淮河进入平原的第一个峡口——凤台峡口。人们为了纪念禹治水的功绩，将峡口西边的那一半大山称为禹王山，东边的山就用禹的父亲鲧来命名，因为鲧又叫崇伯，便起名伯王山。

再回头说那水怪巫支祁，这会儿早逃得无影无踪，原来他又钻进了荆涂山底。荆涂山是二郎神撵太阳时用来压太阳的，这时候却被妖怪利用了。禹会集众人，再次开凿荆涂山，非要除了这个为乱人间的怪物不可。巫支祁呼风唤雨，把洪水推到了半山腰。正在双方僵持不下的当口，淮河的老龙王在夜晚化成人形，悄悄给禹送来了一把巨斧。当禹用巨斧剖开荆涂山之时，淮河进入了它流经平原的第二个峡口——荆峡。

东逃的巫支祁又跑到了洪泽湖畔，禹和愤怒的人们终于在甘泉、荃人之间的圣人湖底的石缝里擒住了他。负隅顽抗的巫支祁在被擒后仍然不驯服，禹便派众神用一把大铁索拷在他的脖子上，用一个金铃穿在他的鼻孔里，把他镇压在龟山脚下。淮水也就顺顺当当流进了大海。

禹娶涂山氏

辛劳治水的禹不知不觉已经过了三十岁,却还没有成婚。当他来到涂山,心里想起这件事,便希望上天可以出现祥瑞来给予启示。正这样想时,突然面前跳出一只九尾白狐,它毛茸茸的大尾巴就像一把大扫帚。周游四方的禹很清楚,九尾白狐生在东方的青丘国,和龙、凤、麒麟等动物一样是吉祥的象征。望着远去的白狐,禹记起当地流传的一首民谣:"谁见了九条尾巴的白狐狸,谁就可以做国王;谁娶了涂山的女儿,谁就可以使家道兴旺。"禹觉得,这只狐狸的出现和民谣的流传,或许正预言自己会在涂山娶亲。

这时的禹已经爱上了涂山一个地方官的女儿女娇。女娇姿态娴雅,仪容俊美,深得禹的倾心,可忙碌的禹还没来得及向女娇一吐衷肠,便忙着视察灾情去了。女娇从旁人口中得知禹的心意,自己也非常倾慕这位治水的大英雄,便派了

自己的侍女去涂山南面的山脚下等候禹的归来。哪知道禹一等不回,再等还没回,女娇烦闷极了,就作了一首歌:

"等候人啊,多么得长久呦!"

这首歌被许多女子传唱,大概她们也有同样的感慨吧?后来的诗集里有好多它的改编诗歌。

日盼夜盼,女娇的侍女终于等来了禹,互相表白了心意后,禹和女娇在台桑举行了简朴的婚礼。但洪水仍在泛滥,新婚四天的禹只得匆匆离开了女娇。女娇被送到了禹的都城安邑,为了排解她的思乡之苦,禹特意为女娇修筑了一座高高的台子,供她向着远方眺望家乡。直到今天,这座高台的台基还保存完好。

时间长了,女娇觉得这种别离的日子太凄苦,便要求随同禹前往各地治水。禹和治水的队伍到了轩辕山,经过山前山后的察看,他发现这个工程实在浩大,为了早日开通河道,禹干脆把自己变成一只巨大的黑熊,这样不管是翻山越岭,还是掘土运石,他都非常雄健有力。可他怕变成熊在工作的自己会吓到送饭的女娇,就哄女娇说:

"这工作太不容易啦,我得努力干,不能分心啊!我在山前挂了一面鼓,每天听到鼓声,你再来给我送饭吧!"

女娇深知丈夫的劳累,欣然答应,虽然每天两人都很辛苦,但看着河道一天天逐渐形成,心里却快乐无比。

这天中午,变成了熊的禹用嘴和爪奋力刨山,忙得不可开交。就在这泥石飞扬的时候，禹的后腿带起了一块石头，石头飞向鼓面，发出"咚"的声响，传到了女娇的耳朵里。女娇心想，今天怎么比往日早呢？但她还是迅速收拾起食物，挎起饭篮就朝山上跑。跑到山坡上，不见了自己丈夫的身影，反倒看见一只大黑熊在起劲地拱扒山石，还不时地看看新开出的山口，乐得眉开眼笑。女娇这才明白自己的丈夫原来是头大笨熊，又羞又愤，扔下饭篮就往回跑。大熊听见妻子的惊叫，急得都忘了恢复原形，赶紧去追赶女娇，想跟她解释清楚。哪知道，他越是追得紧，女娇越是惊慌，跑得更快了。

两人就这么一追一赶，一直跑到了嵩山脚下。女娇实在跑不动了，眼看着大熊就要追赶上来了，连忙把自己化成一具石头身子。等禹追到的时候，看着自己的妻子变成石像不理他了，又悔又急，冲着石头喊道：

"快还我儿子来！"

说来也怪，只听"轰隆"一声，这僵硬的石头裂开了一条缝，一个小娃娃从里面蹦出来，他就是禹的儿子启，而启的意思是"裂开"。

水酉造酒

如今人们在宴饮时都要用酒来助兴,那酒又是怎么制造出来的呢?为什么偏偏起"酒"这个名字呢?传说这件事还和禹有关系。

在禹艰难的治水生涯中,他成天越高山、涉深渊、冒风雨、趟泥泞,没过过一天安稳日子。好在禹的手下有一个叫水酉的人,他心灵手巧,将禹的饮食起居照顾得细致入微。

那时天下洪水未定,粮食物资十分匮乏,有一次水酉好不容易得到了一点糯米,马上兴冲冲地赶回去,把这稀罕东西做成了香喷喷的糯米饭,来滋补禹的身体。水酉把糯米饭盛在一个大陶罐里,左等右等,快到正午了,禹还没回来,他就决定去给禹送去。中午的太阳在赶路的水酉头顶上烤炙着他,陶罐里热腾腾的糯米饭升腾起水气,更把水酉蒸得大汗淋漓。他担心糯米饭会被太阳蒸干,随手在路边摘了几把红白相间的大辣蓼花搭在了陶罐上。气喘吁吁的水酉找了个树荫，想歇息一会儿再继续赶路，然而筋疲力尽的他刚一坐下就中暑昏了过去。

太阳西沉，有下工的人在路边发现了昏倒的水酉，赶忙把他抬了回去。水酉沉睡了三天三夜才醒，睁开眼睛第一句话却还惦记着那罐糯米饭丢在了哪里。旁边的人说："你命都快丢了，还管什么糯米饭，快安心休息吧！"可是惜粮如命的水酉不甘心这么好的粮食就这么白白浪费掉，于是不顾周围人的劝阻，跟跟跄跄地跑到自己昏倒的地方。水酉一瞧，那个大陶罐还在，心里别提多高兴了。可当他掀起早已干枯的辣蓼花时，一股奇异的芳香扑面而来，水酉不禁闻了又闻。他发现，陶罐里的糯米饭变成了乳白色的汤水，用手指蘸了一点尝尝，甜滋滋香喷喷，说不出的可口。几天未进食的水酉这才感觉到腹中饥饿，干脆捧起陶罐，把成了汤汁的糯米饭喝了一大半。过了一会儿，他开始觉得自己身上有了使不完的劲儿，便抱着罐子跑回去给大家吃，尝过的人都竖起了大拇指，还怂恿他再多做些给禹送去。

水酉回想起整个过程，特意挑选了又白又好的糯米，在小罐子里用火蒸好，再在罐口盖上大辣蓼花，几天之后，罐子里发出了和上次一模一样的异香，水酉制作成功了！等禹劳累了一天回来，水酉便把精心酿制的米汤呈上，禹一尝就

停不下来,把罐子喝了个底朝天,还嘱咐水酉下次再给他做。

兴奋的禹开始脸发红,耳发热,话也越来越多,只听他含含糊糊地咕哝着:"这东西的确美味……可我浑身都热……我要睡觉了!"谁知禹这一觉也睡了三天三夜,好不容易睡醒,禹急得一蹦老高:"你给我吃的究竟是啥东西?"

老实的水酉不敢隐瞒,便将前因后果都讲给了禹听。禹怪水酉制作的米汤耽误了治水的正事,严禁水酉以后再制作这种食物。可是之前吃过这食物的同伴们一直对这美味念念不忘,经常撺掇水酉再做一点儿给他们吃。水酉虽不敢违背禹的禁令,但也觉得少吃一点不妨事,还有助于大伙儿长力气,于是要求同伴们替他在禹面前保密,他动了些脑筋,把这米汤做得更好吃了。

大伙儿连声应允。从此以后,每天上山劳作前,人们都会喝少量的糯米糟汤,人人都是面色红润,精神饱满,做的活儿能比以前多,还都乐呵呵的。禹大为惊奇,大伙儿拗不过他的盘问,也就老实作答了。

禹见大伙儿都护着水酉,而这种食物少吃一些也确实对人们的身心有益,也就顺水推舟,把禁令撤销了。他召来水酉,说道:

"这东西总该有个名字的,既然是你创造的,就用你的名字来叫它吧!"

后来,人们把"水酉"两个字简化成一个字"酒",水酉也就成为了那时专门掌管造酒的官员,后代人尊称他为造酒的祖师。

禹铸九鼎

经过了千辛万苦,禹终于平定了洪水,百姓们又能过上安居乐业的生活了,人们都感念禹的功劳,十分拥戴他。那时,接替尧王的舜年纪也大了,他看禹如此得民心,便将王位禅让给了他。

洪水将平,禹王需要趁机消灭祸患,其中就有个叫相柳的九头蛇身怪。他是共工的臣子,贪得无厌,九个脑袋必须得同时吃掉九座山上的动植物,而且只要他一喷一碰,那个地方立马变成水泽,水泽中的水又腥又苦,人喝了就会得怪病死去,连飞禽走兽都不敢在那儿逗留。禹王劝说他为百姓服务,他不听,对自己作恶也不知悔改,禹王只好将他诛杀。可这怪物一死,身体里的鲜血向九个方向流去,味道腥臭无比,流过的地方寸草不生、污水漫延,禹王便用泥土掩埋,刚填上土,这块地就塌陷了,连续三次都是这样。禹王索性把塌陷的地方开凿成一个大水池，替各方的天神来镇压危害人们的妖魔。

这只是禹王在任期间做过的许多好事中的一件，最为人们称许的还是铸造九鼎。

四方的地方官们向禹王贡献了许多金属，禹王将它们收集起来，在黄帝曾经铸鼎的荆山脚下也铸造了九个宝鼎。这些鼎十分高大，一个就要成千上万的人来搬运。每个鼎的表面都刻着天下所有毒虫猛兽、妖魅魔怪的画像，这样人们一看就明白该怎么应对它们。奔波多年的禹王太清楚出门在外的艰难，因此起意铸造这九个宝鼎，把它们陈列在宫门外，九鼎成为了那时人们最好的旅行指南。人们尊敬地称呼这九鼎为"禹鼎"，后来，"禹鼎"成为了教导人们辨认奸邪的代名词。

因为九鼎只有君王才能拥有，为了争夺这九个宝鼎，后代那些想当天子的野心家们费尽心机。春秋时期，楚国国王四处侵略别的邦国领土，打仗打到了顶头上司周天子的都城，周天子让大臣王孙满去招待楚王，楚王却拐弯抹角地打听九鼎的大小轻重。王孙满只轻蔑地回答了一句，让楚王碰了一鼻子灰：

"能不能当天下的君主看的是一个人的德行，而不是他是否有这几个鼎。"

到了战国末年，秦国国王靠着强大的武力从周天子那里

抢来了九鼎。就在秦国人满心欢喜往回抬宝鼎的路上，一个宝鼎突然闹起别扭来，它挣脱了千万人的捆绑，飘飘忽忽飞了起来，一直飞到了东方的泗水畔，然后当着众人的面，沉进了深不可测的泗水之中，就这样，缺了一个的九鼎再也不是完美无缺的象征了。到了这个抢九鼎的秦王的孙子那时候，新秦王统一了全国，自命"秦始皇"。秦始皇去东海求仙，希望自己能长生不老，永远统治天下，结果神仙没求到，路过泗水的时候倒是想起来那个自己逃跑的宝鼎，于是他命令军队去打捞。宝鼎刚被绳子拽出水面，忽然从鼎里腾出一条神龙，伸头就把绳子咬断了，人们四仰八叉地被摔在地上，眼睁睁看着宝鼎又沉回水底，却无计可施。而其他的八个宝鼎也无缘无故地消失了。也许，这就是对秦始皇最无情的讽刺吧：想尽办法争夺王位，结果却在很短时间内失去。禹王一定想不到，自己一心为人民铸造的宝鼎，竟成了统治人民的象征！

山海经的故事

东方诸国

我们都知道,禹为了治理洪水,走遍了神州的各个角落,晚年又四方巡游,自然见识了许多奇异的国家和人事。后来,他和他的大臣伯益把这沿途的风土人情写成一本书——《山海经》。下面我们要讲的就是这本书里描绘的四方诸国。但因为人多口杂,又年代久远,很多情况已经语焉不清了。

东海是太阳和月亮每天出来照耀大地必须路过的地方,在东海大言山的附近,有一座波谷山,那里有一个叫大人国的地方。人如其名,这个国家的人身材硕大,非常人可比。波谷山上有一个大人国居民开会议事的地方,叫"大人之堂"。那天,禹和手下们来到了这里,看到一个人正蹲在堂上,张开两只又长又大的手臂;还有一个人,正驾着一只独木舟在白浪滔天的东海上悠闲地行驶,可见这独木舟要能承载下大人的肥硕身躯，体积对我们而言，也是巨大无比了。大人国的居民，要在母亲肚子里待够三十六年才会出生，刚生出来就是满头白发，而且十分魁梧。他们还没学会走路，就能腾云驾雾地四处玩耍。原来，这个国家属于龙的族类，远古时代，有个在东海边上钓鳖的龙伯国大人，那就是他们的祖先。

大人国的北边，相邻的国家是君子国。国中的人民绝不像大人国那么凶悍，他们总是穿戴整齐，温文尔雅，彼此友爱。他们和我们一样，也吃家畜和野兽的肉，并使唤着两头比猫还温顺的斑斓猛虎。这里的人寿命很长，秘诀就在于他们会将一种叫木槿的树开的花蒸着吃。这种木槿花，早上盛开，到了夜晚就凋落，寿命奇短，可君子国的人吃了这寿命极短的花却能获得极长的生命，真是奇事！

再往北面走，就是前面提到过的青丘国了。两个国家之间，夹着一个朝阳之谷，谷里住着个虎身、八足、八尾，还长着八个脑袋的水神天吴。青丘国的人也种植五谷，编织丝帛。这里出产的九尾白狐，每到太平盛世就出现在人间以显示祥瑞。禹在涂山娶妻前见到的那只九尾狐狸，就是来自这里。

沿着青丘国向北，是黑齿国。顾名思义，这个国家的人牙齿都像漆一样黑，据说他们是天帝天后的子孙。黑齿国附近就是汤谷，太阳十个兄弟曾住在这里。除了牙齿黑，他们

和常人没什么区别，也吃稻谷米饭。唯一不同的是，他们还吃蛇，他们身边经常有一红一白两条蛇蜷伏。也许是和君子国相距不远吧，这里的人也是知书达理，文雅有加。

继续北行，经过汤谷，便到了玄股国。这次你也能猜到了，玄股国的人从腰部以下的两条腿都是黑色的，因为住在海边，他们以鱼皮为衣，以海鸥为食。常常可以见到，两只海鸥挟着一个玄股国国民，在惊涛骇浪中翱翔。国中有一个叫雨师妾的部族，他们是介于人和神之间的怪人，以能够征服蛇类闻名。他们全身都是黑的，两手各握一条蛇，有时候也拿着乌龟。他们的左耳上挂着一条青蛇，右耳上挂着一条红蛇。

玄股国的北方是毛民国，因为他们国人的脸上、身上，都长着比箭镞上的羽毛还硬的毛发。这些人身材短小，住在洞穴之中，而且从来不穿衣服。他们本是天神绰人的后代，姓依。禹的曾孙修鞈把绰人给杀了，禹可怜他无辜被杀，便暗中将他救活，让他搬到了这渺无人烟的地方居住下来，他的后代逐渐繁衍成了一个国家。

禹所到的东方国家，最后一个是劳民国，这个国家的人也是通体黝黑，成天都是一副慌慌张张、忙忙碌碌的模样，行住坐卧，都让旁人看得心里不安宁。即使一点事都没有，他们也是这样，所以寿命特别短。他们的食物是草籽和树上的果实。

南方诸国

禹出游南方,最先到达的是结胸国。他们奇特的地方在于,每个人胸前的骨头都凸出来一大块,像男子突出的喉结一样。更神奇的是,这个国家还出产一种鸟,它们长得像野鸭子,羽毛是青中带红,但只有一只翅膀、一只眼睛和一只脚。如果想飞翔,就得两只鸟傍着在一起飞,否则只能在地上蹦跶着走,根据这种特点,人们给这种鸟起了个好听的名字"比翼鸟",文人们拿它来比喻夫妻间恩爱的关系。传说,人们只要坐了这种鸟飞行,就能活一千岁,但到底有没有人乘坐过,就不得而知了。

出了结胸国,朝东南方向走,就来到了羽民国。羽民国的人和鸟一样,都是从卵中孵出的。他们的长相也像鸟,长脑袋、白头发、红眼睛,还有一张尖利的鸟嘴,后背上生有一对翅膀,能飞却飞不高也飞不远。国内有一种生物叫鸾

鸟,和凤凰是同类,它们华贵的羽毛足有五米多长。国民就拿鸾鸟的蛋作食物,果然个个都长得和神仙一样飘逸。

结胸国和羽民国的东面都和讙头国毗邻。讙头国又叫讙朱国,名字的来源是尧的儿子丹朱。丹朱因为反对父亲把王位禅让给舜,遭到了尧的放逐,丹朱几次反叛未果,最后只得跳海自杀,而他的子孙就在南方形成了这样一个国家。讙头国人也有鸟形的尖嘴,和一对只能做走路拐杖的翅膀。他们成群结队地来到海边,伺机用鸟嘴捕捉海中的鱼虾来吃。

出了讙头国向南走,便来到了厌火国。这里的人长得像猿猴一样,皮肤漆黑如炭,并能从口中喷出火焰,这都是因为他们平时拿炭石当食物吃的习惯。厌火国有一种神兽,形状像狗,名叫"祸斗",它既能喷火,也能吃火,给当地人带来了许多祸患。很久之后,有一位百螺天女下凡和凡人成亲,因为不堪忍受贪官对她丈夫的欺压盘剥,一怒之下便牵来一头祸斗,去烧了这县官的宅邸,倒是大快人心。

向东行,就到了舜帝的后代繁衍而成的国家载。舜帝的儿子无淫被贬谪到了这个土地肥沃、物产丰饶的地方,索性安居下来。他的子孙和舜帝一样,都是黄皮肤,不需要绩麻织布就有衣服穿,也不需要耕种就有粮食吃。他们最擅长的就是拉弓射蛇。国家出产鸾凤,往来鸣唱,各种走兽聚族而居,实在是人间少见的乐园!

东边就是另外一个人民胸部有特色的国家——贯胸国

了。这个国家还叫穿胸国，因为国民的胸部有一个圆圆的大洞，这洞跟迟到的防风氏还有点关系呢！据贯胸国人讲，洪水平息以后，禹和部下，大神成光，乘着神龙到四方巡游，来到南方防风氏的部族时，防风氏的两个大臣对禹仍然怀恨在心，还没等禹和成光的座驾降到地面，就拉满弓弦，朝着云端的两人射去。只听一声霹雳，霎时间电闪雷鸣，狂风暴雨骤起，两条神龙"倏"地钻入空中，消失得无影无踪。两位大臣眼看着神龙逃走，心知自己闯了大祸，干脆以死明志。他们铁青着脸，拔出腰刀，直冲着自己的胸口刺入，倒地而亡。风雨之后，禹看到两位大臣的尸体，十分敬佩他们的忠心和胆识，便叫属下找来不死之药救活两人。可他们胸口被戳的刀口却无法医治，并永远留给他们世世代代的子孙。不过，聪明的贯胸国人一点也不苦恼，虽然样子不雅观，但是出行很方便，只要拿一根竹竿从中间的大洞穿过去，前后两人便轻轻松松把这个人抬了起来，比坐轿子还稳当。

贯胸国东方的邻国是交胫国。这个国家的人个头不高，腿脚弯曲而交叉，"胫"就是小腿的意思。可想而知，他们一躺下去就起不来，只能请旁人给拉起来，真不知道他们晚上睡觉是用什么奇怪的姿势！因为腿是交叉的，他们走起路来也一瘸一拐，我们看他们觉得奇怪，可他们看其他双腿笔直的人还以为人家不正常呢！

再往东走，就是反舌国和三首国了。反舌国的名字来自于他们舌头是朝喉咙的方向生长，所以也叫岐舌国。他们国人讲话自己能听懂，别国人听来却是一团含糊。而三首国就是那儿的人都长了三个脑袋，具体的情形不难想象！

两国的东方，是周饶国，一个以身材矮小知名的国家。这儿最高的人也就三尺多，最矮的只有几厘米。他们虽然矮，却好像我们的袖珍版本，穿衣戴帽，斯斯文文，而且他们心灵手巧，制作了许多精巧的手工艺品，尧王在位时，他们进贡了几支叫"没羽"的箭，天下闻名。矮小当然有很多苦恼，比如他们种粮食时会遇到一种凶恶的白鹤，白鹤轻则啄伤他们，重则把人们掠走。幸亏有邻国大秦国身高十余丈的汉子们常来保护，不然他们哪敢安心耕种！

禹巡游南方到的最后一个国家是周饶国东侧的长臂国。长臂国的人身高和常人差不多，但是手臂足足有三丈长，平时太碍事，就围着腰绕上几圈。手臂长也有好处，他们是生活在海边的渔民，平时只要站在礁石上，伸出长臂，就可以从海底的岩缝里、礁石间抓到活蹦乱跳的鲜鱼做美食了。

北方诸国

辛劳的禹巡视了东方和南方，紧接着来到了北海。

第一站，他来到了跂踵国。"跂踵"是脚踝的意思，这里的人足关节很奇特，导致他们走路时只有五个脚趾着地，而后脚跟却高高翘起。后来还有人说，不是这样的，他们的脚是倒着长的，明明朝前走路，脚印却是朝后的，所以又叫"反踵"，不知谁能去验证一下呢？

沿着跂踵国向西走，就可到达拘瘿国。《山海经》写完后，有人提意见说，不对，"瘿"应该写作"缨"，就是帽子的飘带。原因是这个国家的人特别喜欢用双手握住下巴，只有做事或者万不得已的时候才放下手来。也有人说，这是因为他们的下巴上长着难看的肉瘤，为了遮丑，他们才天天用手捂着，而且那肉瘤长得又长又大，天天晃来荡去，实在不雅观！不过有一点大家都同意，就是在拘瘿国的南部长了一

株参天巨木,叫寻木,高达千里,直耸入云。

西行没多久,就到了夸父国。这很容易让人想起"夸父追日"的旧闻,确实,这个国家的子民就是当年为了追赶太阳,最后口渴而死的巨人夸父的后裔。这些后人个个像先祖一样健壮魁梧,左手持黄蛇,右手持青蛇。国都东边是一片繁茂的桃林,叫做"邓林"。当年夸父累倒在地,手杖扔在地上,化成了两株桃树,如今和人民一样,也繁衍壮大了。

向西走,是聂耳国。这儿的人使唤着两头花斑猛虎当仆人。他们的耳朵又长又大,越过肩膀,平常得像拘瘿国人似的,用两手握着耳垂。睡觉的时候,一只耳朵当褥子,一只耳朵当被子;夏天,两只耳朵既当遮阳的荫凉,又当凉扇。他们的祖先则是东海之神禺虢。

聂耳国的西边是无肠国,也叫无腹国,是无启国的后代。叫他们无肠,不是说他们真的没肠子,而是肠子太短,只有一段,刚吃下去的东西还没怎么消化就排泄出来,所以这儿的人每时每刻都忙着吃吃喝喝,以支撑生命的延续。

紧挨着无肠国的,是聂耳国的一支后人柔利国,还有一个深目国。柔利国的人没有骨头,只有一只手一条腿,平常就像肉袋一样软软地蜷曲着,拖来拖去。深目国的人则有深深的眼眶,简直要凹陷到后脑勺上了。他们以鱼为食物,常常在手里拿着一条鱼。

柔利国的子孙,有一部分在北海的最西边繁衍成了一个国家，叫无启国，又叫无继国。"无继"不就是后继无人的意思吗？那他们怎么繁衍生息到如今呢？我们慢慢道来。原来他们都住在国境最北方的一个山洞里，饿了以这个山洞的泥土为食，实在没有吃的，单凭呼吸空气也能支撑三五日。长此以往，他们住的山洞被拓展得越来越宽广，越来越靠北，直到北部寒冷的气候使土地龟裂，冰冻的地面再也取不到泥土为止。他们没有办法，只能走出洞穴，来到海边抓些小鱼吃。这些人不分男女，死了就埋在山洞里，心脏却不停止跳动。等过了一百二十年，他们又一次苏醒，开始新的生活。死亡对他们来说，就是一场长长的睡眠。

北海这里，除了奇特的人类，更有很多奇特的动物。

有一座叫蛇山的山巅之上，栖息着成千上万的像凤凰一样美丽的大鸟，它们的羽毛五彩斑斓，腾飞时遮天蔽日，蔚为壮观。

幽都的大门叫做幽都之山，满目都是通体黑色的飞禽走兽和在地上爬行的蛇类。这里是黑色的世界。

翻过幽都之山，住在山洞的动物似人非人，他们通体透红，下肢恰似人类穿着红靴子，在原野上健步如飞。

少昊的后代组成了一目国，那儿的人只有一只眼睛长在脸的正中，样貌很是丑陋，所以畏惧的人们都把这个国家叫做成鬼国。成鬼国的附近，果然有许多鬼魅。有一种叫穷奇的野兽，吃人只从头部开始，长得像老虎，背上还插着一对

翅膀；另一种吃人从头开始的野兽长相类犬，浑身发青，它们吃的人披头散发，十分吓人。有一种黑蜂，个头和茶杯一样大，被蜇的人该有多疼！还有一个怪神叫"据比之尸"，他被折断了脖子，脑袋低垂在胸前，蓬乱的头发倒挂下来，没有了胳膊，直挺挺的身躯像段枯木。据说，他是因为和天神闹意见，才被砍杀成这般狼狈的模样的。

西方诸国

西海是禹最后出游的地方,在这里他同样见到了许多有趣的国家。

他到的第一个国家,是邻近无启国的长股国。这儿的人腿极长,有三丈多。他们很聪明,自己不必独立做事,而是和长臂国的人合作,到海边捕鱼为生。这些人自然走得很快,姿势也很特别。后来人们发明了一种杂耍的技艺——踩高跷,据说就是模仿他们的。

这次的行程,禹一路向南,第二个国家是肃慎国。该国人不穿衣服,而把整块的猪皮裹在身上。他们住在岩洞里,冬季寒冷时,拿野兽的油脂在身上涂抹厚厚的一层。这里还有一种雒棠树,每到一定季节,人们就把它柔韧又结实的树皮剥下来当衣穿,既耐久又保暖,还不影响树的生长。虽然生活很艰苦,但是肃慎国的国民都很乐观,他们喜欢拉弓射

箭，据说他们的弓足足有四尺长。

之后，禹到了白民国。因为他们是帝俊的后代，通体都是白色，连头发也是白的，远观好似戴了一顶白帽，或者顶了一头白雪。这里有一种走兽叫"乘黄"，样子似狸猫，健步如飞，因此又叫"飞黄"，据说乘上它，可以活两千岁。后来有个成语"飞黄腾达"，就是来源于它。

下一个国家是沃民国，因着这儿的土地肥沃而出名。你看，一个人正捧着蛋吃得津津有味地向我们走来呢！不用说，他吃的一定是凤凰蛋，前面为他开路的也是两只凤凰。因为物产丰饶，凤凰、鸾鸟、祥兽都涌向这里定居，一派欣欣向荣的美景。这儿的人不用耕种，吃鸟蛋、饮天地间的甘露就能活几百岁。

向前走，到了穷山，就看见了另一个国家，轩辕国，有这个名字是因为他们都是黄帝轩辕氏的后代，人面蛇身的长相和古代的天神差不多。该国国人个个长寿，活八百岁算短命的，往往都是因为生病或者出意外而去世。国家的西部有一个叫"轩辕之丘"的土堆，长年有四条蛇在那里守卫。人们射箭时都不敢朝这个方向射，生怕触怒了轩辕黄帝的神灵而带来无名的祸端。

附近还有个女儿国。这个国家只有女子，没有男人。那么怎么繁衍后代呢？成年的女子只要来到黄池中沐浴一番，就可以受孕产子了。如果生下的是男孩，活不到三两岁就会莫名其妙地死亡，而女孩则安然无恙，顺利长大成人。

女儿国的南边是巫咸国，因为这是由一群巫师组成的国家，其中最有名的是十位巫师，他们是巫咸、巫即、巫彭、巫姑、巫真、巫礼、巫抵、巫罗等等。这些巫师左手持青蛇，右手持红蛇，从登葆山上到天庭，把人民的意愿传达给天帝，下山后再将天帝的意旨转告人民。这途中，他们还会采摘一些名贵草药，来替百姓疗伤治病。

再往南，就是和女儿国截然相反的男子国了。这些国民衣着整洁，腰佩宝剑，男子威仪十足，可同样没有一个女子。说来话长，原来有个叫太尤的人，派了手下去西王母那儿寻找不死之药。这群人走到了男子国这里，正好没了口粮，只好在这荒山野岭住了下来，以山间野果树皮为生，渐渐形成了一个国家。因为没有女子，这里的孩子都是从父亲的腋窝下的肋骨间生出来。也有人说，是父亲将自己的影子凝聚成形，和原有的身体分裂而成一个新生命的，当一个人分成两个时，本人就会死去。

讲到了奇肱国，争议就比较大了。有些人坚持这个国家叫"奇股国"，离玉门关有四万里。"奇肱"是说只有一只手，"奇股"是说只有一只脚，也不清楚哪派人讲得对。还有人讲，该国国民擅长造巧器来捕捉鸟兽，还会制作飞车，他们经常乘坐飞车到处来往。那边有人不同意了，他们说，这个国家的人有三只眼，他们骑的不是飞车，而是一种叫

"吉良"的白色红鬃花斑马,这种马的脖子长得像鸡尾,眼睛是金黄的,骑它的人能活一千岁。

一臂国的人比较有趣,他们很像比翼鸟,只有一只胳膊、一只眼睛、一个鼻孔,是名副其实的"半体人",所以只能两个人合体才能自由活动。这个国家有一种黄马,身上长着老虎的斑纹,但和人一样,也是半个身体、一只眼睛、一个鼻孔。

要是南边的三身国国民能分出身子给一臂国人多好啊!他们一个脑袋却长着三个身子,是帝俊的后裔。这个国家里有一座荣山,山里有一条极其凶恶的大黑蛇,胃口大到能将一整只麋鹿直接吞进肚子里。荣山旁边是巫山,天帝的八种珍贵仙药全存在山顶的秘密洞穴中,洞口由一只五色凤凰做看守,不仅守着仙药,也监督着荣山的大黑蛇,防止它出来作怪。

禹的巡视是以灭蒙鸟国作为结束的,这就需要他从三身国朝南走过好几个国家。灭蒙鸟国和南方的结胸国毗邻,国民都是人首鸟身,羽毛是红、青、黄三色。他们说的话我们都能听懂,因为他们是帮助禹治水的伯益的后代。伯益有个人首鸟身的后代叫孟戏,他在此地建立国家时,有许多凤凰跟了过来。这里的山林茂密,林间是成片的竹子,凤凰们就在竹林间搭窝筑巢,孟戏的子孙就以林间的果子为食,逐渐形成了这么个奇特的国家。

关于《山海经》的故事,我们就讲到这里。

夏商周时代的故事

启夺帝位

禹在位几十年,为人民做了不计其数的好事,年老了还不忘四处游访,了解民情,当他走到南方的会稽时,却不幸得病去世了。人们将他葬在了这里,现在还能看到一个大孔穴,人们称为"禹穴"。

从上面的故事我们知道,禹有个得力助手叫伯益,多年来,伯益跟随禹治理洪水,兢兢业业。要是禹疏通河川,他就举了火把在前面引路;要是禹赶妖驱魔,他便身先士卒冲锋在最前面;要是禹决心为人民开辟一片沃土,他就点燃那长得过于繁茂的草木,用草灰滋养贫瘠的土壤……人们对他的功劳感恩戴德,他却从不炫耀自己的功绩和声名。

伯益是天上神鸟燕子的后裔,天生便懂得许多鸟兽的语言,舜王曾让他做管理天下草木鸟兽的官员,后来舜王见禹治水需要帮手,就把伯益派到了禹的身边。伯益发明了捕捉鸟兽的陷阱，却在挖陷阱时发现地下有泉水涌出，于是又得到了打水井的方法。从此，饱受污水和干旱之害的人们，即使搬迁到了地势较高的内陆，也能打出清甜的泉水喝。这让潜藏在地下的龙王害怕了，带着龙子龙孙匆匆逃到昆仑山去避难了。禹王死后，天下人为了感激伯益的功德，推举他做了新的帝王。

只有禹的儿子启对伯益不以为然，他觉得父亲死了，理当由儿子来继承王位。但是人们都讨厌他贪图享乐的品性，并不欢迎他，启只好忍气吞声，伺机等待时机成熟。他暂时收起自己顽劣的行迹，决心在伯益王位还没坐稳时就拉他下台。启耍了很多小聪明，他操练兵马，却告诉世人这是为了国家的安全；他积累粮草，说是为了准备不时之需；他还到处散播谣言，说人民希望推翻伯益的统治。

伯益把启的龌龊举动都看在眼里，但出于对禹的尊敬，也不好直接惩罚启，便处处忍让、躲避启的挑衅，并将国都从安邑迁到了箕山北面。谁知这正中了启的下怀，他的气焰更嚣张了。他明目张胆地蒙骗人民，说伯益是知罪而逃，不明就里的国民竟然信以为真，加入了启反帝的军队中去。失势的伯益被迫打了几场没有准备的仗后，很快就败下阵来，最终被启所杀。启就这样靠着不光彩的手段从伯益手中夺取了帝位，成了天下的君王。他还假慈悲地为伯益设立了祭坛，每到春秋二季都杀羊宰牛地祭祀伯益，还说什么不能忘

记伯益对天下人和禹所作的贡献。

初登王位的启还装出一副勤政爱民的样子,可没过多久,他就暴露了本性。他时常带着许多宠姬近臣,到郊外去宴饮游玩,并让乐师在一旁吹笙奏乐,让舞者扮成妖魔鬼怪跳舞,来供自己开心。这么通宵达旦地嬉闹,吵得附近的百姓夜不能寐,怨声载道。为了显示气派,启耳挂青蛇,胯下骑着两条玉龙,由三层浓云簇拥着,三次到天庭做客。临走的时候,他还偷走了神乐《九歌》和《九辩》,擅自改编成了新的歌舞《九招》。启让歌童舞女们手持牛尾,在祖父鲧居住过的有千丈之高的天穆之野表演,而自己则腾云驾雾,来到云烟山树的缥缈阁,左手持一把羽伞,右手握了一只玉环,优哉游哉地欣赏,还时不时地拿玉环叩击身上佩戴的玉璜,应和着音乐的节点。

对于吃,启为了享受更是绞尽脑汁。他认为用父亲为天下人制作的九只宝鼎烹饪,食物会更加美味,便花费大量人力把九鼎搬到了他时常游乐的地方。这九鼎本来就是宝物,不用生火自己就能燃起烈焰,不用盛放东西自己就能生出各种美食,这下它们可倒了霉,从为人们指奸辨邪的圣器,变成了昏君启的私人汤锅!

原来那些拥立启为王的人们,这下可认清了启的真面目,他们一时没有力量反抗,心中却暗暗咒骂他,希望上天能降给他惩罚。

正如民心所想，启奏乐和嬉笑的声响传到了天上，天帝恼怒他不仅盗取了天国的神乐，更百般荼毒自己的子民，便将所有的惩罚施于启的五个儿子，让他们个个都不成器，和自己的父亲一样，日日游手好闲，道德败坏，彼此之间还特别不团结，经常争斗。很显然，他们无法延续对国家的统治，直到有穷国的君主后羿出现，才结束了启的荒唐统治。

后羿的传说

有穷国国君后羿,本是个穷苦的农家孩子。他的父母仰慕为人民除暴安良的英雄羿,见自己的儿子有些射箭的天分,便希望他将来也能像羿一般,用自己的才能对人民有所贡献,因此给他起了这个名字。后来他做了国君,"后"也有"王"的意思。

当后羿还是个小婴儿的时候,他就显露出射箭的天赋。母亲要忙着操持家务,只能把他放在摇篮里让他自己玩耍。炎热的夏季,有很多苍蝇蚊虫叮咬小后羿的眼睛、鼻头,搅得他不得安宁。可他不哭也不闹,顺手抓起爹妈用草秆儿编的小弓箭,朝空中乱飞的蚊虫射去,居然射中了好多,使得其他小虫再不敢近身。爹妈看到他小小年纪就有如此才能,心中暗暗称奇。

五岁的时候,小后羿就能跟着爹妈进山采药了。夏秋之交，树上的蝉叫得不知疲倦。当他们走到一棵大树旁，小后羿却嚷着想睡觉，说什么也不肯再往前走了。此时，林子里的蝉突然都住了声儿，只有这棵大树上的几只还在鸣叫。后羿的爹妈合计了一下，就同意留儿子在树荫下休息，等他们采完药，再凭着这蝉声回来接他。

等到傍晚时分，老两口采药回来，准备循着蝉声找到儿子，却听得漫山遍野都是知了的叫声。眼瞅着暮色将至，任他们怎么喊，大山里只有蝉鸣的回声。最后，老两口只好含着眼泪，哭哭啼啼地回家了。后来，他们又叫上邻里亲朋找了好多次，就是不见小后羿的踪影，只好渐渐死心了。

那留在树下的小后羿一觉醒来，发现天都快黑了，不见自己的爹妈，只听到头顶上嗡嗡的蝉鸣。他也不害怕，心里倒觉得挺自在的，跟着归家的鸟雀跑了好几个山头。直到夜风吹透了他单薄的衣衫，他才发现处境不妙，坐在大石头上就哇哇哭开了。

好在山间住着个单身猎户，名叫楚狐父，听到小孩子凄厉的哭声便应声赶来。好心的楚狐父担心深山里虎狼出没，就把后羿带回了家。哪知小娃娃一问三不知，愣头愣脑地根本讲不清楚自己的父母是谁，家在何处，楚狐父干脆把他当作自己儿子收养了。

楚狐父的箭法是附近出了名的好，得了这么个宝贝儿子，自然对他悉心教导。后羿本来就有极高的射箭天赋，如

今得了养父的指点,更是进步神速,很快箭法就超过了楚狐父。可能为了配合他的射箭天分吧,后羿的左胳膊天生比右胳膊长出一截,这使他在拉弓时能拉得更圆满,射出的箭更远更有力量。

后羿和楚狐父就这样在山林中相依为命生活了十五年,操劳了半辈子的养父却暴病身亡,后羿又陷入了孤苦无依的境地中。他想走出这深山,去寻找自己的亲生父母,却不知道该怎么走出去,于是,他决定随便站到一个山崖上,射出一支箭,自己就跟着这支箭走。射箭之前,他默默祈祷:"如果有朝一日,我能拿着这张弓去除暴安良、平定天下,那就请这支箭能一直射到我家门口吧!"说来也怪,这箭好像真的认识路线,擦着草丛向前窜去,划出一道歪歪斜斜的痕迹。后羿便跟着这印痕一路追去,越过高山和溪涧,来到了山外一个小村庄里。

那箭停在了一个破败的小茅屋前,一头扎进了地里。后羿推开斑驳的木门,屋内一片漆黑,到处都是蛛网和灰尘,灶台上几个陶罐横七竖八地躺着,一张瘸腿的板床歪在屋角,成了老鼠兄弟们的摇床——这里早就没人住了。后羿连忙找邻居打听,大家见到失踪多年的后羿竟然活着回来了,悲喜交加,并告诉他,因为丢了儿子太过伤心,他的爹妈没几年就去世了。

后羿欲哭无泪,只能把茅屋稍作修葺,祭奠了父母,在这儿住了下来。后羿的日子过得很苦，每天只有一罐稀粥就着野菜根，即便如此，他每天早上都会恭恭敬敬地在父母灵前供上一小碗粥，以表孝心。但这种日子实在太难熬了，没过多久，后羿便背起弓箭，离开了家乡，云游四方。

在云游中，后羿结识了一位射箭的高手，叫吴贺。两人一见如故，经常在一起切磋射箭的技艺。有一天，他们正走在路上，抬头望见空中飞过一只孤雁，吴贺便对后羿说道："快把它射下来！"后羿不慌不忙地问："你是要我射它左眼还是右眼？"吴贺答道："左眼吧！快点儿，它快飞远了！"后羿搭弓射箭，大雁应声而落，两人拾起一看，恰中一眼，可惜射中的是右眼。吴贺仍然觉得后羿射艺了得，连连夸赞。但后羿却羞得满脸通红，他仰头看看天空，一句话也没说。

从那以后，后羿更加刻苦地练习射箭了。后来，他真的做到了百发百中，箭无虚发。他果然凭着手中的这张弓箭，为人民做了许多好事。人们都很拥戴他，让他做了有穷国的国王。

寒浞弄权

后羿为王后不久,夏王启的五个儿子就闹起了内讧。他们各自占据一方,互相斗争,都想当帝王,百姓们因此不得安宁。夏朝的人民都支持有德的君主后羿,大家齐心合力打败了启和他的儿子们,统一了中原,建立起强大的有穷帝国。

但各路诸侯里有一个人不服后羿的管理,从来不听从他的调遣。这个叫伯封的家伙算起来还是尧王的乐官夔的后裔,但他一点儿都没继承夔的才智,外号叫大野猪,不仅长了张黑胖的猪脸,而且性情暴戾,贪婪狠毒。这么丑陋的家伙,却有个颇具姿色的母亲,叫玄妻,是有仍氏的女儿。虽然玄妻人过中年,但把那头又黑又长的秀发一梳妆起来,仍然美丽非凡,人们都叫她"黑狐狸"。

伯封这么不听话,在地方上又横行霸道,搞得人们怨声载道，后羿便集合起军队赶去讨伐他。尽管大野猪蛮力非凡，却挡不住后羿神勇的箭法。后羿佯装败退，诱敌跟来，趁着大野猪不注意，挽弓射箭，一箭命中了他的咽喉，大野猪哼都没哼一声，从马上滚落地面，死了。人们纷纷拍手称快。大野猪的母亲黑狐狸，满含着悲愤掩埋了儿子的尸体，她心中默默发誓，不论用何种手段，一定要杀了后羿给儿子报仇！

得胜的后羿开始骄傲起来，战场上黑狐狸的惊鸿一瞥把他迷得神魂颠倒，他不顾众臣的反对就纳她为妃。国破家亡的玄妻无可奈何，只好委身于仇敌，成天琢磨着怎么向后羿下手。

就在后羿拥着娇妃美妾，一路高歌，浩浩荡荡地还朝途中，遇到了一个叫寒浞的年轻人。他自称是寒国的王族公子，因为不满寒国国君的残暴统治，毅然投奔后羿。后羿见他穿着华贵，气质儒雅，不像是奸诈之人，就相信了他的话，把他留在了自己身边。这个寒浞表面上不卑不亢，实际上句句都是阿谀之言，很快就博取了后羿的欢心。左右辅臣看透了他的本质，劝谏后羿，认为此人底细不明，不可轻易相信，但不可一世的后羿置若罔闻，反而训斥大臣们不懂得为国家招贤纳士，见到如此端正的人才就心生嫉恨，马上就下令解除了这些良臣贤将的官职，提拔寒浞做了宰相，让他统领宫内外一切事务。而后羿自己，则仗着高超的箭术和人

民的爱戴，觉得天下一切都在掌控之中，每天就和玄妻厮混在一起吃喝玩乐，要不然就带着一群侍卫到近郊猎鹰斗犬，把朝中大小都交给了寒浞打理。

此时的寒浞，终于露出了他野心家的本来面目。他为了里应外合，经常趁后羿出门打猎时偷偷进宫，和后羿的宠妃玄妻勾搭上了。玄妻一腔的杀子之恨正愁无计可报，恰巧有寒浞这位善讨欢心的人为伴，两人一拍即合，密谋起如何害死后羿来。为了挑拨起寒浞对后羿的厌恶，她故意说："要想能成就大事，还得长上一双翅膀才能飞上天，在你上天前，愿我能助你一阵风。"听了此话，寒浞更是加紧了在朝中内外培植自己势力的步伐。他策划着把自己塑造成一个正直的臣子，而将所有过错全推到后羿身上。

后羿见寒浞这么热心政事，自然乐得清闲。于是，寒浞让玄妻在后宫故意挑起事端，惹得后羿不顺心，而后羿原本脾气就很暴躁，一发脾气就冲着身边的侍从发火，甚至大打出手。次数多了，跟随后羿多年的随从也对后羿寒了心，寒浞便见机笼络他们。而后羿却对这一切浑然不知。

这场谋杀最终发生在一个晴朗的夏日傍晚。后羿领着一群侍卫打猎归来，在必经的林子里遭到了袭击，乱箭从暗中飞来，如落雨般穿进了后羿的盔甲里。而后羿身旁的侍卫们早就被收买，此时的他们不仅没有去援救主君，反而加入了攻击的射手中，只有几个忠心的武士抵挡在后羿身边，无奈寡不敌众，他们最终成为了这场阴谋的牺牲品。他的父母也不会料到，英雄一世的后羿，竟和天神羿的结局一样。

寒浞和玄妻如愿以偿，当上了有穷国的国君和王后。玄妻给寒浞生了两个儿子，一个叫浇，一个叫豷，都是一人当关万夫莫开的大力士，可却和父母一样心肠狠毒。有穷国的国民就生活在这一家人的欺凌和压迫之下。此时，流亡在外的夏启的曾孙少康，品性却不同于父辈，是个正直能干的年轻人。他见祖先爱护的人民竟遭到寒浞他们如此地荼毒，愤然起兵，在人民的拥护之下，仅用五百人马就击破了寒浞的坚固城池，消灭了有穷王国。

孔甲驯龙

少康打败了寒浞父子,恢复了夏王朝的统治,国家也出现了空前的繁荣。在他之后,王位传了七代,传到了孔甲的手上。孔甲不似先前的几位帝王那般勤政,成天只喜欢吃喝玩乐,还常在宫中胡乱祭祀、装神弄鬼,国势很快就衰颓了下去,之前各代君主累积的威德,在这个不肖子孙的统治下几乎消亡殆尽。

孔甲还喜欢四处围猎。有一次到了吉神泰逢的居所东阳,泰逢很看不惯孔甲这放鹰逐犬的无聊行径,不想让他在自己的地盘上扰民,于是掀起了一阵狂风,直吹得天昏地暗,飞沙走石,孔甲和随从们赶忙躲避,没想到却因此走散了。

迷失了方向的孔甲只好叫上身边的几个随从,一起到附近的山沟借宿。那山沟里可巧有户人家给小儿子过满月酒,众人见国王意外驾到，纷纷上前施礼接待。有人高兴地喊道："这小子刚出生就见到了国王，以后肯定是万事顺利、大吉大利的命！"一片附和中，只听得一个小小的声音嘟哝着："那可不一定，他要没那么大福气承受，说不准还倒霉呢！"孔甲一听胡子都要气歪了，他反驳道："胡说！高兴还来不及呢，怎么会倒霉呢？咱们走着瞧！"

等孔甲回了宫，他果然派人把这个孩子接进了宫，养在自己身边。孩子慢慢长大了，孔甲就计划着给他谋个人人艳羡的好官职，给那些不服气的人看看，自己的权力是如何的伟大，动动小指头就能改变一个人的命运。正想着，突然发生了一个意外。

那日，这个幸运的少年正在演武厅里玩耍，又是一阵狂风骤起，把厚重的帷帘高高撩起，屋椽支撑不住帷帘的重量，轰然坍落，重重砸在了武器架上，打飞了一把板斧。大惊失色的少年正朝屋外飞奔过去，那板斧不偏不倚飞中他的脚踝，削走了他的一只脚。孔甲的如意算盘也落了空，只因他一心想着在少年身上展现自己翻云覆雨的权力，根本没教给那孩子一点儿技艺和才学，而且一只脚的官儿也不好装点门面啊！孔甲只好让行动不便的少年做了守门人。至此，他不得不感叹，好好的人儿也会遭此横祸，真是命运弄人！失望的孔甲还为此事做了一首《破斧之歌》，这可是东方的第一支曲子。

　　昏庸的孔甲除了处理政事,真可谓"兴趣广泛",他还喜欢养龙。龙是夏王朝的祥物。我们前面讲过,夏朝的先祖禹出生时就是一条龙的模样,他治水还幸亏了龙族一路的帮助,治水成功后又有两条神龙从天上下来向他表示庆贺。而且,据说舜王的时候,南浔国从地脉深处挖出了一雄一雌两条毛龙,献给了舜王,舜将它们安顿在豢龙宫由专人喂养;后来舜禅位给禹,这两条龙自然也移交到禹的手里。孔甲和夏朝的先人们一样,也很喜欢龙,还想方设法弄来了雌雄两条龙。但他完全不懂龙的习性,为了把这两个宝贝养得肥硕康健,他四处发布告示,招到了刘累当养龙人。

　　话说这刘累是尧王的后代,但传到他那儿时,家世已经衰微,为了糊口,他跑到豢龙氏那里,学了这桩应景的手艺。豢龙氏的祖父叫董父,是舜王的养龙官,他把手艺代代相传,后人们以他的官职为姓,都叫"豢龙氏"。这刘累学了没几天,还算不得十分精通,但一听到孔甲的诏令,穷困的刘累马上进宫应诏。他在孔甲面前大吹大擂,把愚蠢的孔甲哄得服服帖帖,还给他赐名叫"御龙氏"。刘累这个没落的贵族子弟又能在人前耀武扬威了。

　　实际上,养龙可没那么容易,刘累学艺不精,没多久就把其中一条给养死了。这事儿要放别人那里早就吓得不知所措了,可刘累却胆大包天,叫人把死去的龙从池子里捞出来,剔甲剖腹剁成肉酱,放在鼎里蒸好了亲自呈给孔甲,说是自己打的野物。孔甲吃了宠臣奉献的"野味",还觉得味道不错,又要求吃了几次,对刘累大加赞赏。直到有一天,孔甲心血来潮,让刘累牵两条龙出来观赏,才东窗事发。刘累这才知道害怕,带着家眷老小连夜逃到鲁县躲起来,再也不敢抛头露面了。

孔甲无端失去了一条心爱的雌龙,心里当然非常悲痛,看着剩下的那条病恹恹的雄龙孤单地趴着,他不禁萌生了再去寻找一位驯龙高手的想法。过了很久,手下们终于帮他找到了一位真正的驯龙高手——师门。师门是异人啸父的弟子,以桃花和李花为食,能够像上古时代的赤松子和宁封子一样,把自己焚烧掉,然后乘着一缕轻烟飞升上天。他的师父啸父更有本领,一生在曲周的集市上给人补鞋为计,从没在人前显示过一丁点神技,梁母得到了他生火飞天的本事。后来啸父上了三亮山和梁母告别时,才在山上点燃几十堆火,乘着美丽的火光冉冉升天,警示那些好事之徒。由此可见师门的才干也是名副其实。果然,他没用几个月的功夫,就让那条病弱的雄龙容光焕发了,耍起把戏来更是雄武夭矫。这会儿的孔甲对师门还是非常满意的。

师门本事大,脾气也大,在养龙上面可没少和孔甲起争执。他像运筹帷幄的大将军,要把一切都掌控在自己手中,听不进别人的建议和主张,和当初刘累和颜悦色、奉命唯谨的态度截然相反。他最痛恨别人一知半解,不懂装懂,一起

争执便据理力争，经常把那唯我独尊的国王弄得难堪得下不来台。

养龙本来为了玩乐，这下可好，孔甲常常因此憋着一肚子气，这是他最不能容忍的。当师门再一次不给一点面子地批驳了他的可笑言论时，孔甲忍无可忍，命令手下马上把师门推出去问斩。师门却扭头哈哈一笑："砍了我的头也没用，你就是输了。"说罢意气昂扬地被卫士们拖到了宫外。孔甲越想越害怕，为了防止师门的灵魂捣乱，他叫人把师门埋在了远远的郊外。

谁料，师门刚被埋下，天上就开始刮风下雨，好容易风停雨歇，王都郊外的树林里却起了野火，任凭人们怎么灭火都没用。孔甲在臣属的请求下，只好亲自乘车到郊外，向师门祈祷。祈祷果然奏效，火势渐渐弱了下来，孔甲见状也安心地回到了车子上，起驾回宫。等到了宫门口，卫兵队长打开车门，请国王下车，却见那孔甲端坐在车子里，眼睛瞪着前方，一动也不动，原来他早就直僵僵地死了。

夏桀弃贤

孔甲死后,夏朝在苟延残喘中又延续了两代,到了他的曾孙履癸那代,国势终于走到了末路。这个履癸就是历史上有名的夏桀王。

夏桀身材魁梧,相貌堂堂。他的力气极大,徒手能把坚硬的鹿角折断,把弯曲的铁钩扳直;而且胆识超人,敢下水和蛟龙搏击,上山和虎狼搏斗,真是一副大丈夫的英勇气概。可这华丽的外表包裹着的竟是一颗骄奢淫逸的歪心。

他为了享乐,不管人民的死活,拿搜刮来的民脂民膏修筑了一座华美的高台。他把各地官员搜罗进贡的天下美女和奇珍异宝都收置在这里,还养了好些游手好闲的歌妓狎客。他们特地配制了淫荡绮丽的器物,伴以相应的舞蹈来取乐。夏桀还让人在瑶台上挖了一个大池子,池中装满了美酒,他和一个叫妹喜的宠姬坐着小舟在池中四处游荡。他规定,只

要一通鼓响过后，池边便有三千人如牛饮水一般伸长了脖子喝池里的酒水，那些不胜酒力的或是用力过猛的，很容易就一骨碌栽进池里被活活淹死了。夏桀和妹喜看到这个情景，不禁哈哈大笑，觉得有趣极了。

除了瑶台，夏桀还拥有许多行宫别院，其中最著名的是长夜宫，秘密修建在一座幽僻的山谷中。夏桀常带着一群寡廉鲜耻的贵族男女去那儿玩乐，有时候一连几个月也不去上朝。老天都看不过去了，一天晚上，狂沙乱作，覆盖了整个山谷，掩埋的荒淫男女不计其数。也许夏桀命不该绝，当晚他恰巧不在，侥幸逃过一劫。然而夏桀对老天的警示毫无感悟，仍旧我行我素，任性胡闹。

宠姬妹喜是个妖娆的女人，她最大的爱好是听撕绸绢发出的尖锐响声。糊涂的夏桀就把库房里成千上万匹耗费人工的精美细绢搬来，叫人日夜不停地撕给她听。夏桀的后宫还有个变成宫女模样的妖怪，一到某个日子就变回恶龙的原形，张牙舞爪地飞出来抓人吃，夏桀竟然把她当成祥瑞，经常绑了人去喂她，并给她起名叫"蛟妾"。据说这个蛟妾能够未卜先知。

大家会奇怪，难道国内就没有一个忠臣贤良出来劝谏一下残暴荒唐的夏桀吗？当然有，而且很多，只可惜刚愎自用的夏桀根本不听，反而迫害这些正直的人。

有一次，夏桀在瑶台上造肉林酒池，就有个叫关龙逢的大臣据理力争，被惹恼的夏桀当即把他关进了天牢，不久就杀害了他。

又有个叫伊尹的能臣，我们后面会专门讲他的身世。他本来是成汤的臣子，但因没受重用就投奔夏桀，做了他的御膳官。一日，夏桀在瑶台上聚众狂欢，服侍左右的伊尹终于按捺不住胸中的愤怒，便借着酒兴，举杯向夏桀劝谏道："大王，请您听臣一句劝吧！不然国家迟早要灭亡的啊！"正在兴头上的夏桀恼羞成怒，可他没有马上斥责大胆的伊尹，而是沉吟片刻，醉眼斜睨，半笑不笑地对伊尹说："你可知道，我的统治就像这天上的太阳，太阳一天不灭，我的国家也不会灭！"这句名言传到了民间，普天下的人们都怨恨地指着太阳咒骂："你这个可恶的太阳，什么时候能落下来？假如你能早死，我愿意和你一起灭亡！"

伊尹闷闷不乐地回了家。在回家的路上，他看见朦胧的月光下，街上聚集着一些醉酒的市民，他们踉踉跄跄地走着，嘴里哼着一支短促而古怪的歌儿：

"何不归去亳？何不归去亳？亳也就够大啦！"

黑黢黢的屋檐下也有人在唱，低沉的合唱好似布满大街小巷。伊尹吃了一惊，他想，亳不是成汤的都城吗？难道汤真的是位贤明的君王，天下归心吗？当他回到家中，倚在几案边，窗外又飘来一阵歌声，寂静的深夜，如此慷慨悲壮：

"醒来吧！醒来吧！我的命运，就这样定了！抛掉黑暗，

追求光明！哪还有什么忧愁！"

伊尹的心一下子豁然开朗，这首歌好像是为他而唱的。他不再犹疑，整理起行装，连夜离开了夏桀的都城，重回成汤的身边。伊尹醒悟到，当初不该离开汤王，即使开始没被重用也应当隐忍，总有自己贡献的一天。

投奔汤王的夏臣还有费昌，他是夏桀的亲信。那天费昌在黄河岸边散步，突然看到天空中出现了两个太阳，东面一个光芒万丈，被层层云霞簇拥着升起；西面一个则黯然无光，几丝败絮状的乌云围绕，随时都可能掉进河里。天边隐隐响起一阵雷声，仿佛二日交战后的余音。费昌不禁念出一句谚语："天无二日，人无二主。"于是，他俯身请教河伯冯夷，河伯告诉他："东面的是殷，西面的是夏。""夏朝的大势已去了！"费昌叹息着，带着家小匆匆投奔了殷汤。

伊尹生桑

我们回头再讲讲那二易其主的伊尹,又有着怎样奇特的身世。

夏朝在东方有一个小诸侯国,叫有莘。国家里的一个小姑娘提着篮子去桑林采桑叶,忽然听到林子里有婴孩的啼哭。小姑娘在一株空心的老桑树洞里,发现了一个全身冻得红彤彤的小婴儿,就把他抱回了家。可是她家穷养不起,便送到国君那里。国君就交给御膳房的厨子,让他先养着,自己一边派人去调查这个孩子的爹娘是谁。

几个月过去,外出寻访的人回来禀告国王:"这孩子早没了亲人。"原来,他的母亲是个住在伊水边的大姑娘,却突然怀了孕。一天夜里,她梦到一个神仙模样的人说:"等家里的石臼里出了水,你就一直往东走,不管身后发生了什么事,都不许回头。"第二天,姑娘忙把这个消息告诉全村

的人,让大家提前做好准备。等她家的石臼里真冒出了水,她和乡亲们便扶老携幼,按照神仙的吩咐向东逃难。走了十来里光景,姑娘心里惦念着家乡,忍不住回头望了望,只见身后的良田变成了一片汪洋,白浪滔天。姑娘心中害怕,张开手臂想朝乡亲们呼喊注意。还没等姑娘喊出声,她的双脚就扎在地下,身体变成了一株桑树,伸直的胳膊成了枝丫,乌黑的头发变了桑叶。这株桑树就这么屹立于洪水之中,纹丝不动,那些谨记神仙忠告的人们都得了救,一时没赶上的也爬在桑树上,捡了一条命。

连天接月的洪水终于退了,姑娘怀着的孩子也足月了。一个月夜,老桑树裂开了树皮,生下了这个全身红彤彤的孩子。孩子一直哭着,等来了那个采桑的小姑娘。因为他的母亲生在伊水边,他长大后又做了个叫"尹"的官儿,人们便称他"伊尹"。

孤儿伊尹跟着御膳房的厨子长大了,他聪明伶俐,把厨子一手的好技艺都学了去,国王就让他接替了老厨师,当御膳官。国君很喜欢他,还让他学习识文断字,他的知识也很渊博,便做了国君女儿的家庭教师。后来,成汤出游东方,听说有莘国的公主很是贤良淑德,便向有莘国王求亲,老国王也乐得招这么个贤婿,就按当时的风俗把公主嫁给了汤。此时的伊尹空有满腔的抱负却无处施展,听说成汤是个英主,有心为他效力,便向有莘国国王请求做公主陪嫁的大臣。老国王瞅着这个连胡须和眉毛都没长出来、寄生于桑树的怪孩子，心里挺舍不得他一手的好厨艺。可想想这孩子也没什么别的本事，也就答应了他，让他好好侍奉公主。伊尹就这么以陪嫁的身份被送到了殷国。

可到了殷国，汤王只知道他有好厨技，还是命他做了个烹肉调羹的御膳官。伊尹也不气馁，第一次做饭就大展身手，获得了汤王和在座宾客的一致称赞。汤王忙召见了这个年轻有为的御厨，询问他一些养生和饮食的禁忌。伊尹见机会来了，一口气从日常三餐一直讲到治国良方，引得成汤不住点头赞叹。这之后，汤王果然时时提起他，还给他提高了薪俸，却始终没有重用他，难道因为伊尹身材矮小、相貌丑陋没有做官的气派？委屈的伊尹想不明白。眼见出头无望，他收拾起铺盖就去了夏桀那里。

但这夏朝也不是乐土。少康王中兴夏朝后，历代君主励精图治，却终抵不过国势衰颓，从孔甲到桀，把国基家业败坏得如破絮一般。伊尹劝谏失败后得到了民谣的启示，重返成汤身边。这一次，汤王对失而复得的伊尹再也没有弃置一旁，重用了伊尹。成汤利用伊尹在夏桀身边工作过的优势，在伊尹的帮助下进行了一系列策反活动，为推翻夏桀的统治打下了基础。

火神助汤

　　成汤是殷国君主癸的儿子,是个威仪非凡的伟男子。他身高九尺,皮肤白皙,头发浓密,和脸颊边的髭须相连,仪表堂堂。他不但相貌长得好,心地也很善良。有一次去打猎,他看到一个中年男子张开一张捕网,嘴里喃喃有词:"天上飞的,地上跑的,四面八方的飞禽走兽都到网里来吧!"成汤听了大吃一惊,连忙走过去跟男子讲:"你这样做太残忍了,恐怕只有夏桀王才会如此!"他劝服男子对禽兽也应该有仁慈之心,要捉的是那些听天命的鸟兽,够吃够用就好,不能一次赶尽杀绝。男子听了心悦诚服,大为感动。他们一起把张好的网解开三面,只留一面,也学男子向上天祈祷:"前有蜘蛛结网,今有后人效仿。天上的飞鸟,地上的走兽,你们想左就左,想右就右,想钻进这网里的才来吧!"这件事传扬得很广,南方一些小国家听闻成汤的仁德已经广布到禽兽身上，纷纷归附了殷国。

夏桀也听说了此事，可天天忙着寻欢作乐的他根本没把这潜在的威胁放在心上。这不，他又折腾出了新花样。他把宫苑中圈养的猛虎放到最热闹的集市上，自己却坐在高楼上观赏人们吓得四散惊逃的惨状。如果有臣子胆敢谏上，一律被定为重罪，甚至诛杀。成汤心里怜悯这些无辜的人，派使者去哭吊被杀的受害者和直臣。密报奏来，夏桀认为这是成汤在故意笼络人心，便假意诏令他来京都，实则把成汤关押在了夏台的重泉。从小养尊处优的成汤哪里受过死牢这种苦头，没多久就奄奄待毙了。多亏殷国及时得到消息，准备了大量的金银珠宝到夏都上下打点，夏桀见钱眼开，便释放了成汤。

重罚了成汤，夏桀更得意了，他觉得杀鸡儆猴，这回可没人敢和他作对了。他乘兴出兵攻打了西南边陲的一个小国岷山国，岷山国为了自保，给夏朝进献了两个绝世美女，一个叫琬，一个叫琰，长得比妹喜还美。夏桀见了琬和琰，就把妹喜抛到了脑后，还把她俩的名字刻在上等玉石上，每日佩戴，片刻不离身。再说那妹喜，像件旧衣服似的被夏桀抛弃，岂能甘心？于是百般笼络夏桀的仇敌，意欲报复。来到夏都打探消息的伊尹闻讯，马上和她交好，从她口中探听了许多机密。

好似田中成熟的稻谷，恶贯满盈的夏桀专等成汤这位

"农夫"前来收割。大事已备,时机成熟,成汤举起讨伐大旗,率领大军向夏都进发。他手握板斧,威武地端坐在战车上,费昌为他驾车,伊尹乘另一辆战车紧随其后。沿途还有三个诸侯国,都是夏桀的同党,成汤先后攻下了他们。

三国沦陷的消息传到夏宫,桀终于慌了神。他一面往前线仓促派兵,一面在宫中设鼎祭天,可老天怎么会站在他这一边呢?同仇敌忾的殷军锐不可当,没两三仗就打到了都城下面。期间,一个叫夏耕的大将还算勇武,他手持戈和盾一路冲杀到了成汤的车前,还没来得及动手,脑袋就差点被成汤的板斧搬了家。夏耕仓皇逃跑,跑到了巫山脚下,见身后没人追上,赶紧躲进山里,再也不出来了。

城外的殷军正要攻城,突然一个人面兽身的怪人出现在将士们面前,他大声说:"我奉了天帝的命令,特地赶来助你们一臂之力。夏都里早就兵荒马乱了,你们趁这个时候赶快攻城。看见城墙西北角上燃起大火,你们就从那里开始。"说罢转身消失了。成汤努力回想,猛然明白那人原来是火神祝融。他知道自己的义行得到了天帝的支持,更增强了必胜的信心。就在此时,城墙上的西北角果真起火,他便下令军队向城楼进攻,一时间,火光滚滚,夜如白昼。早就对夏桀不满的守城士兵纷纷倒戈,固若金汤的夏朝都城很快被殷军攻破了。

眼见殷军势如破竹,自知大势已去的夏桀带着几个宠妃和金银细软，趁乱偷偷溜出了城门。这时只有少数人马还跟随他，他们一路逃到了几百里外的鸣条。夏桀盘算着，鸣条还驻扎着夏朝的一些精锐部队，他可以此地为据点，向成汤反扑。成汤得到消息，立即选择最好的七十辆战车和最英勇的七千名战士，日夜兼程，赶往鸣条。夏桀根本不知道，鸣条的驻军早就不和他一条心了，两军刚一交战，他们毫不抵抗，纷纷投了降。夏桀只好检点残兵，带着仅剩的几个亲信和爱妃，驾着几只破船，连夜从秘密水道南逃。最后，他们到了巢湖，气数已尽的夏桀再也无力重振旗鼓了，不久便因精神极度抑郁死在了那里。有人说，他临死前还恶狠狠地说："早知今日，当初我就该在夏台上杀了成汤那小子！"可他就算杀了成汤，还有更多受他荼毒的百姓要算他的总账呢！

成汤求雨

成汤打败了夏桀,建立了殷商王朝。人们好不容易过上了安定的生活,可不久就遭遇了百年一遇的大旱。田地里寸草不生,人们只能以树皮草根为食。江河湖泊干得见了底,沙砾石块都快被晒化了,可天上一滴雨水也不落,任凭人们如何敲锣打鼓祭祀天地。这一旱,就是七年。

汤王心急如焚,他没有办法,只能组织更庞大的祭雨队伍。这时有巫师前来禀告:"臣卜了一卦,卦上说应当用人作祭品,才能有下雨的希望。"汤王眉头一皱,说道:"求雨本是解救万民于水火之中,如果因此杀了人,岂不是天大的罪过?"他无论如何也不同意,可也没有更好的主意,万般无奈之下,他叹了口气:"如果一定要人作牺牲,那就让我来吧!"他决心净身斋戒,牺牲自己为民求雨。

祭祀那天,汤王穿了件粗布白衣,披散着头发,身上捆好一束用来引火的白茅。他坐着一辆白车，由两匹白马拉着，朝着庄严的神社桑林缓缓走去。走在队伍前头的人们抬着三足鼎，扛着旗帜，吹奏起哀婉的音乐。一路上，负责祈雨的巫师们大声念诵着祷文，好一副凄凉的景象！

桑林是专门举行大型祭献仪式的神社。汤王一行来到这里时，早已是人山人海。祭坛前堆起高高的柴火垛，坛中燃烧着熊熊烈火。汤王由几位巫师扶下白车，默默走向祭坛。他在祭坛前缓缓跪下，向天地虔诚祷告："我乃万民之首，一切罪过皆应由我承担，万请众神莫要降罪于民……"祷文念罢，大祭师走上前来，从袖袍中拿出剪刀，很利索地剪下汤王的一缕头发，接着又剪下他那修长的指甲，一起放进祭坛中焚烧掉。然后，汤王便由两位祭师搀扶，登上高高的柴堆，垂下头，默默等待点燃柴堆的时刻。这是一番多么悲怆的景象啊：头顶上赤日炎炎，没有一丝云彩，偶尔只有几缕微风轻轻掠过汤王肃穆的面颊。人们从各地赶来，脸上挂满了泪珠，心里为他们敬爱的贤王默默祈祷着……

时辰已到，凄厉的鹿角声响起，祭师们用祭坛中的圣火点燃柴堆，并环绕柴堆跳起祭雨的舞蹈。登时，火舌卷着火苗，疯了一般窜上柴堆。人们远远望着，只见几股熊熊的烟焰包围住汗如雨下的汤王，他身上的那束白茅很快就要被引燃了。

就在这千钧一发之刻，奇迹发生了：一阵狂风挟着成片

的乌云，从东北方向匆匆赶来，霎时间布满了天空，黄豆般大小的雨点密密匝匝地掉落下来，电闪雷鸣，雨势越来越大。久久渴望甘露的人们简直疯狂了，他们争相在雨中欢呼着、跳跃着，他们扬起脖子尽力地吸吮着雨水，滋润久已发燥的喉咙，他们用手掌接了雨水拍打在自己的额头上以示祝贺。

站在柴堆上的汤王，昂起头来，久久凝望着天空，多年来郁结的眉头一下子便舒展开了。他打心底里感恩上苍的恩德，也感谢天下人的诚心感动了天帝。四面八方的乌云还在不断地往这片土地聚拢，七年的大旱就这么在一朝之间解除得彻彻底底。柴堆四周和祭坛上的火早被大雨浇灭，人们唱着欢歌，上前迎接着他们从柴堆上被搀扶下来的爱民如子的贤王成汤。

傅说星

每当晴朗无云的夜晚,东方的天空上,在箕星和尾星之间有一颗晶莹透亮的小星星,它的名字叫"傅说星",传说是一个叫傅说的人变的。

那是在汤王之后的第二十二代国王武丁在位的时候,商朝已显出些衰败的迹象,好在武丁是个贤明的君王,人民的生活还维持着较高的水平。武丁还是王子的时候就非常关心国内政事和人民疾苦,他发誓要尽力使殷国国力像以前一样富庶和强盛,因此在即位后便实施了一系列中兴措施。

可改革不似武丁预料中顺利,他时常为那些亟待解决的政事苦苦思索,以至于食不甘味、夜不能寐。而这之中最让他着急的,莫过于如何才能得到一位良臣辅佐。而他心里的焦虑却没有一个人能倾诉。在为先王小丁服丧的三年中,他从没说过一句话,办理政事也是把命令写在纸上让臣下传

达。身边的人们都以为他得了哑病。

一天夜里,武丁突然做了个怪梦,一个囚犯模样的人,背微驼,穿着粗麻布衣,胳膊上套着绳索,正弯腰垂头干苦力活。他不由自主地走上前,想和那人说话。那人见他走过来,便抬起头看他。武丁这才注意到,那人有一双明亮睿智的眼睛,面容也很和蔼,但觉得似曾相识。恍惚间,两个人好像谈天说地,讨论了许多治理天下的政策,而那人的许多观点都是武丁闻所未闻、想所未想的。他心中暗喜,这就是自己要找的人啊!可刚想问他的名字,早朝的钟声便敲醒了武丁的美梦。

武丁好不懊丧,下朝后赶忙凭着残存的记忆把梦中囚徒的样子画下来,传召四方帮他寻找。武丁日思夜想,寻访的人总算把这位奇士在北海的傅岩边上找到。他穿着麻布囚衣,臂上套着绳索,手抓大铁杵,和其他囚犯一起,正在修补山间被大水冲坏了的路基。访者喜不自禁,用牛车载了他回去。

武丁见到梦中人,开启了许久未言说的喉咙,和他倾心交谈。那人果然如梦中一般表现,知识广博,胸襟开阔,一番话说得国君连连称奇,于是武丁任命他为殷国的国相。武丁这才知道,他的名字叫说,因为他曾在傅岩做工,人们都叫他傅说。而他在傅岩住过的山洞也被人称为了"圣人窟"以示纪念。

傅说为相后，武丁常常告诫他："无论白天黑夜，你都要竭诚教导我，匡扶我德行上的差错。若我是把刀，你便是磨刀石；若我想渡过江海，你便是那船桨舟楫；若要碰上大旱，你便是我心中的甘霖。如今的我就像是一个得了重病的人，若不给我吃猛药，我就不能好；又比如一个想走路走得很快的人，他的脚板要不能踏踏实实踩在地面上，又如何能办到？"傅说点点头，表示对国君的理解和赞赏，他答道："您说得很对。臣听说，树木若有些弯曲，只要经过木匠师傅的绳子一弹就能正直；而国君稍有差错，只要经手下贤明的臣子一点拨就英明了。如果国君能做到英明无弊，臣子即使没得到明确的指示，也能按照国君的心意去办事；如果国君指示明确，更没有人敢不遵循了。"果然，在傅说的辅佐下，殷国的国政处理得井井有条，并征服了南面的虎方、东面的夷方、北面的鬼方以及羌方、周族等，扩展了中国的疆域，使武丁实现了他的富国强民之梦。

傅说原本出生于底层百姓，又是个孤儿，一生的经历却如此传奇，连大帝闻知都十分感动。在他死后，天帝就把他招擢到天空中，化成了一颗明亮的小星星，永远受世人瞩目，也使傅说可以长久地凝望着他热爱的这片土地。

文王囚羑里

　　武丁中兴后经过七代,王位传到了殷商王朝最后一位国君手里,他就是在历史上和夏桀齐名的暴君商纣。

　　商纣的样貌和那夏桀一般,也是高大威猛,力量非凡,能徒手杀死猛兽,能把几条蛮牛拉的重车拖着后退,甚至能自己把巨大的梁椽安上宫殿的屋顶。他比夏桀更厉害的是,天生辩才,没有人能说得过他。如此一来,纣王更是目中无人,横行霸道。

　　纣王贪图享受,不惜驱使成千上万的劳力,不惜花费国家有限的资源,硬是在七年之内就于京都朝歌建筑了一座鹿台。这鹿台和夏桀的瑶台相比,有过之而无不及,它周匝三里,高有千尺,其中亭台楼阁无数,气势逼人,登高远望,只觉云雨翻覆,烟雾缭绕,恍似置身九天。可带了妃妾歌女游赏的纣王并不知道,高台下被他压榨的人民,有多么希望他一不小心从这台上掉下来摔死！贪心不足的纣王还不满足，接着又造了规模更加宏大的寝宫、琼室，全用美玉装饰，纳入无数美女，让人冒死搜罗稀禽怪兽。

穷奢极欲的纣王有那么大的开销，自然要向天下诸侯横征暴敛。有苏国忍无可忍，举起了反抗的旗帜，却很快被殷朝的大军镇压。为了保命，他们将国内有名的美女妲己献上，才侥幸没被灭国。其他诸侯国见状，也都敢怒不敢言了。

美丽的妲己很是妩媚温柔，纣王对她百般宠爱。她给纣王出主意，效仿那前朝的夏桀，也在宫苑中放干池水，盛上美酒，摘净树叶，挂上干肉，然后让一大群赤裸身体的青年男女在酒池肉林间嬉戏打闹，配合着乐师作的艳舞淫曲助兴。而若有人胆敢表现出反对和怨恨，纣王便令人将铜柱子涂上油，横放在炭火上烤红，再叫那可怜的犯人赤脚行走在上面。铜柱子又热又滑，犯人走不了几步就会掉落进下面的炭火里，被活活烧死。这就是臭名昭著的"炮烙"之刑。纣王和妲己无聊时就会观看这种刑罚，见犯人痛苦焦急的惨状，他们竟然开怀大笑，引以为乐。

这个暴君任性妄为，仅凭一时情绪就滥杀无辜。有一次，厨子烹饪好的熊掌还差点火候，纣王一气之下就杀了他。又一个清晨，纣王在鹿台上闲步，看见台下河边有位赤

脚的老人像是要过河,可又犹豫徘徊,他一时奇怪,便询问身边的人,手下回答:"老年人的骨髓不实,早上怕冷,所以不敢涉河。"纣王便命人到河边把那老人捉来,不由分说就砍下老人的双脚,原来他想看看老年人的骨髓究竟是怎么不实在。

王子比干是纣王的亲叔父,性情耿直。他见纣王如此荒淫无道,气恨交加,借了个时机狠狠骂了纣一通,纣王斜眼瞧着叔父,冷笑道:"侄子听说圣人的心都是七个窍,我今天倒想看看您是否真有七窍!"说完就让人挖了比干的心。

九侯有个端庄贤淑的女儿做了纣王的嫔妃,但她始终保持一颗纯洁的心灵,不肯加入到纣王荒淫无耻的游乐中。纣王一气之下就把她杀了,还牵连了九侯一家。正直的鄂侯上前劝阻,纣王哪肯听,竟叫人把鄂侯身上的肉一片一片削下来做肉干。

纣王昏庸残暴的恶行,四海皆知,却无人敢言,周文王也只能在私下里叹息几声。他身边有个叫崇侯虎的奸细,听到文王怨愤的自言自语,马上写信禀告了纣王。这下可不得了,纣王立即把文王捉拿进京。可毕竟文王也没说几句,恰巧此时纣王又得了新欢,正在兴头上,没治文王的死罪,把他关进羑里监狱了事。这监牢的地基深深凿在地下,又潮湿又黑暗,是殷朝最大的监狱。监牢的窗户开在屋顶,土墙又厚又高,里面的犯人长了翅膀也飞不出去。

文王有四位贤臣太颠、闳夭、散宜生和南宫适，号称"文王四友"。他们听说周文王被关在了羑里，便买通了狱卒去看文王，但是狱卒不让他们和文王说话。机智的文王灵机一动，先睁大了右眼朝他们身上瞟了一瞟，意思是纣王好色，得先找美女献上；然后用手比划成弓的样子，敲自己的肚皮，意思是纣王还很贪财，你们别忘了寻些宝贝给他；最后文王两脚急急踏地，这是在催促他们快办那两件事。文王四友心领神会，匆匆赶回周国办事。

再说文王的大儿子伯邑考，他是个弹得一手好琴、忠厚老实的好青年。纣王把他从周国要来当人质，让他给自己驾车。有一天，纣王兴起，突然想起羑里关押的文王来，便让人把伯邑考丢进了沸腾的汤锅，活活煮死，然后派人端了肉汤给文王送去喝。对此，纣王自鸣得意："西伯（文王的封号）不是号称'圣人'吗？咱们瞧瞧，这个大圣人能不能预卜先知，不吃他儿子的肉！"

使者很快就回来了，报告说："西伯喝了肉汤，一点儿都没起疑！"纣王一听非常开心，逢人就说："谁说西伯是圣人！喝了他儿子的肉汤还不知道！"从这以后，纣王便把周文王当成了傻瓜，不再防备着他。

就在这天，文王四友便将搜寻来的美女和宝物献给了纣王。美女是有莘国的，长得秀逸又多情，比那妲己还强百

倍。宝物一样是从犬戎国找到的一匹文马,身上五色斑斓,鬃毛似火焰烈红,黄金样的眼睛,鸡尾般绚丽颀长的脖颈,这马是古书上讲的"鸡斯之乘",据说骑上就能活千岁;另一样是林氏国给的野兽,看起来是头老虎,但尾巴足有身体的三倍长,也是通体遍布五色花纹,古书上叫"驺吾"或者"驺虞",骑着它可以日行千里。再加上从各地找的其他珍禽异兽、各色兽皮、纯黑的美玉和偌大的贝壳等等珍玩,直把纣王乐得合不拢嘴。他拢着有莘国的美女,心魂荡漾地说:"哎呀,只要这美人儿就足够把西伯释放了,哪儿还用得了这么多举世无双的宝贝!"接着他客气道:"我也不是故意为难西伯,都是因为那些长舌头的小人总说西伯坏话,我一时糊涂,让西伯受了点儿委屈。"四友一听,便知纣王指的是崇侯虎。

他们赶到羑里,见了消瘦的文王,便向他报告了崇侯虎告密的内幕,以及文王误喝了伯邑考肉汤的情况。文王心中悲痛难忍,却不敢在这里过分表露,他和四友翻身上马,匆匆离开了。

行至十几里外,文王忽觉胸中有异物梗塞,便勒马下来,用手指抠住喉咙,"哇"的一声,吐出了一块鲜红的肉团,才觉胸中略略开朗。再看地面,只见那肉块蠕蠕而动,变成了一只只还没睁开眼的赤红色小兔子。文王的眼泪再也止不住了……四友不忍听文王悲恸的哭声,便下马将这些小兔子掩埋，人称这里"吐子冢"。

　　回到周国的都城岐下，文王马上命人逮捕了弄事的崇侯虎。从此文王整顿起兵马，励精图治，决意推翻纣的残暴统治。

太公钓鱼

周国是上古弃儿后稷的子孙,这个文王姬昌长得也像后稷,皮肤黝黑,身材高大,浓眉大眼。

从羑里被释归来的一天晚上,文王做了个神异的梦。他见到天帝穿了身黑色的长袍,站在令狐津的渡口,身后还跟了一个须眉皓白的老人。天帝亲切地呼唤文王:"姬昌,你过来。今天赐给你一位好老师和好助手,他就是望。"天帝转过身去,请出那位老人同文王相见。文王赶紧俯身下拜,却见那白胡子老人微微一乐,文王的梦就醒了。他心里默默回忆着老人的面容,从此经常带人出门打猎、巡视,就为了能在途中找到这个老人。

那天文王刚要出门,却被巫师拦住,巫师喜盈盈地禀告:"大王,臣刚刚卜得一卦,您今日打猎,收获的不是螭龙,也不是虎狼,而是天帝赐下的好帮手。这个贤人就在渭河旁。"

文王欢天喜地，带领着大队人马，放鹰逐犬，一路直奔渭河。到了蟠溪，他便下马寻找老人的踪迹。终于，在一片蓊郁的树林深处，他看到碧潭边上坐着个须发银亮的老者，戴着竹笠，身穿青衣，安安静静地垂钓，林子外的车马喧嚣、人声鼎沸，丝毫没有影响到他。奇特的是，老人的鱼钩上并没有放饵，也不把钓线浸入水里，就那么直勾勾地垂在水面上，静候着鱼儿上钩。

车上的文王远望老人，眯缝着眼睛好一阵端详，总算看出个大概：那形貌姿仪，像极了梦中的老人，应该就是他没错。兴奋的文王跳下车子，恭恭敬敬走到老人身旁，向老人施礼问候。老人依旧是从从容容的，微笑着回礼，和文王梦中俨然无二。

文王慢慢地和老人交谈起来，老人句句真知，字字灼见，足见其远见卓识和心地坦荡。文王欣喜若狂，当即俯身拜老人为师，老人这才赶紧起身，答谢文王，随即便同文王回了岐山。

文王在大殿上拜老人为国师，人称"太公望"。老人姓姜，姜太公的祖先曾帮大禹治水有功，被封在吕地，因此后人又管他叫"吕尚"或者"吕望"。

姜太公一生空怀学识而无处伸展，大半生颠沛流离。年轻时因为穷困潦倒，还被媳妇赶出了家门，逼得他只能

去朝歌的集市上杀牛卖肉当屠夫，后来又去孟津卖饭，最后都因生意清淡而关门大吉，他便想去给人打短工，却找不到雇主。太公年老了，便跟儿子儿媳住在一起，平日就拿了钓竿到潭边坐着，有愿者上钩，就提了它去集市上卖了补贴家用。他也曾满怀希望，有朝一日能遇到明主将他从困顿中解救出来，一展平生经纶抱负。岂料这一等就是大半辈子，只等得他须发全白，潭边他跪坐的石板上都深深凹进去两个膝盖大的印痕，可希望中的明君的足音依然渺茫难寻。

就在他已形如槁木、心如死灰的时候，周文王终于来到了他身边。文王按照当时礼贤下士的最高待遇，亲自坐在车子的右侧为他驱赶马车，姜太公再也抑制不住内心的激动，热泪涌出，沾湿了袍襟。

太公被封国师后，文王先派他去一个叫灌坛的地方当了一年小官。姜太公上任没多久，便把政事混乱的灌坛打理得风调雨顺。那天晚上，文王梦到一位形容艳丽的妇女在路边痛哭。文王上前好心询问，她稍稍止住泪，向文王幽幽诉说道："我是泰山山神的女儿，嫁给了东海海神为妻。现在我要回家看望父母，却被灌坛的姜太公拦住了。我每逢出行便要暴风雨做伴，但路过灌坛时，我却害怕因此损伤了太公贤德的声名，会受到天帝的惩罚。但若不起风暴，我就不能上路，这真让人左右为难！"文王醒来后，马上召姜太公来问，太公对此心知肚明，可又不便向主君说明，在朝堂上也是左右为难。忽然这时有使臣来报，说是有暴风雨从灌坛的边境上掠过，片刻就云开日明了。文王像是突然明白了什么，当即拜太公为大司马。

武王伐纣

　　文王访到姜太公后,就将国都从岐下迁到了丰。在太公的辅佐下,周国的疆域很快就向东扩展了几百里,一步步逼近了纣王的京城朝歌。

　　文王还请太公做了太子姬发的老师。太子发和他的父亲一样,眼睛有点近视,牙齿骈生,当时的人都认为,骈牙代表了刚强的性格。姬发很喜欢吃臭味极大的鲍鱼,可太公劝说道,鲍鱼不是正宗的食物,上不了祭神的台面,作为太子的姬发是不能吃的。姬发虽然个性倔强,但绝不敢违拗老师的话,于是尽量克制自己的欲望,实在忍不住了,就暗地里叫人弄来偷偷饱餐一顿。

　　文王死后,姬发继承王位,史称周武王。武王仍拜姜太公为国师,一心一意去完成父王未竟的事业。有了文王打下的良好基础,再加上太公的尽力辅佐,武王统治下的周国国力蒸蒸日上。武王见时机成熟，便开始同太公商议伐纣起兵的大事。

出师前，武王叫太史占卜了一卦，得到的卦象却是大凶。武王不知如何是好，朝上百官也沉默不语，就在这踌躇不定的关键时刻，姜太公一个箭步冲上来，卷起衣袖，把神案上的龟壳和蓍草拂到地上，双脚用力地踩踏着，愤愤地说道："枯骨死草，知道什么吉凶祸福！出兵，出兵！你们这些鬼东西，休想妨碍我们的正事！"武王被太公的决绝所激励，也不再犹豫，马上传令出师。百官见武王和太公无所畏惧，自然精神振奋，斗志又重新昂扬起来。

也许卦象总预示着些什么，刚出兵，天上便下起瓢泼大雨，一连数月不止。武王的驾车人被雷电劈死，旗杆被狂风折断，车马辎重陷进泥泞的道路上，寸步难行。将士们想起走前的卜卦，议论着肯定是上天都不支持这次的出兵，所以才降下灾祸。姜太公依旧是从从容容，毫不泄气，他向全军训导："天降大雨，是为我军洗尘；驾车人被劈死，是他自己不当心。这些都不可怕，只要我们坚持到底，一定可以推翻暴君的统治！"

太公话音刚落，雨也停了，风也住了，士气大涨，官兵们又鼓起必胜的信心。周武王指挥着大军浩浩荡荡向朝歌进发，一路上所向披靡，很快就到了洛邑。接下来大军就要渡过黄河的孟津口了，他们却遭遇了新的考验。天气骤变，雨

雪纷飞，大军在冰天雪地里滞留了洛邑十几天。

就在人们耐心等待天色好转的时候，一天清早，五辆马车向军营疾驰而来，只见每辆马车上都坐着个士大夫模样的人，后面还跟着两个骑高头大马的军士。他们一行人在辕门外停下，请求谒见武王。武王认为他们是前来要求参战的小国使者，便不想接见。姜太公凝神一望，说道："门外积了丈余深的雪，却没有车马的痕迹，这几个人来历非比寻常，得请他们进来。"武王定睛一看，果然如太公所言，于是起身想亲自迎接。只是还有个问题，武王不知该如何称呼这七个人，怕失了礼节。太公想到一个好主意，他派人先去营外给来人送去热粥，使者递上粥碗，顺口问道："武王有要紧公事，一时还不能出来见客，万望海涵。天气冷，先送上热粥给贵宾们御御寒，只是不知道从哪位敬起呢？"马上的两位骑士连忙上前为使者逐一介绍："这是南海君，这是东海君，这是西海君，这是北海君，中间的这位是河伯，我们俩是风伯和雨师。"使者顺着骑士的介绍，一一奉上粥碗，接着便回营禀报。太公一听，立刻就明白了："这五辆马车上的人，原来是四海的海神和黄河的水神。南海海神叫祝融，东海海神叫句芒，北海海神叫玄冥，西海海神叫蓐收，黄河水神叫冯夷，风伯叫飞廉，雨师叫萍翳。现在，大王可以依照次序召见他们了。"

武王立即依太公所言将七人请进大帐，几位天神听见传唤自己的名字都很惊讶，连连赞叹武王的英明，不由得赶紧下拜。武王还礼完毕，问道："各位大神不惧严寒远行至此，不知有何见教？"诸神回答："我们奉天帝诛殷兴周的旨意，特来相助，愿在大战中略献微薄之力。"武王和太公听罢，欣喜异常，忙将七人安顿于军营之中，请他们随军听令。将士们得知喜讯，都欢呼起来，人们仿佛看见了胜利的曙光。

不久之后，天气转晴，冰雪渐渐融化，大军连夜从孟津渡口过黄河。这一夜，河水少见的平静无波，月色格外明亮，八百诸侯遣来助阵的军士们在船上齐声高歌。军船行至河中央，忽见一群大蜂飞来，停在武王船上。大蜂形状似丹鸟，十分可爱，武王便命人将蜂鸟的样子画在军旗上，作为周军的标志。也因此，人们管武王乘坐的这只船叫"蜂舟"。

渡过黄河，武王带领军队一路高歌猛进，很快逼近了朝歌。武王下令，全军在距离朝歌三十里的南郊牧野安营扎寨，准备和纣王的决战。第二天刚蒙蒙亮时，武王和太公便率领全军向八百诸侯誓师必胜。

军报传至朝歌，纣王从醉生梦死中清醒过来，亲率军队到牧野迎战。一时间刀光剑影，杀气腾腾。武王率领的是正义之师，将士们恨不得马上将暴君拉下马来，因此群情振奋，愈战愈勇。其中最为英勇的是巴蜀之师，他们齐声吼唱着军歌，直入军阵，全然不把殷军放在眼里。武王更是一手握金黄板斧，一手持白牦牛尾竹竿指挥全军。随着武王发起

最后总攻的号令，勇士们一拥而上，纣王那垂死抵抗的大军终于土崩瓦解了，任凭纣王在后方如何擂鼓呐喊，军心涣散，以至崩溃。殷军对纣王积怨已久，此时队伍已散，他们便倒戈相向，杀回后方，欲夺昏君的头颅。风伯雨师更是步步紧逼，直把那纣王围攻得力不能逮，只好钻了个空子逃窜回朝歌城内。

纣王见大势已去，绝望的他也不再组织抵抗了，一个人黯然登上了高耸入云的鹿台。他拿出那件心爱的缀满珠宝玉片的袍子穿上，点火自焚了。

战场上的军人，朝歌城的百姓，就这么目睹了暴君商纣在熊熊烈火中坠楼而亡，不禁相拥欢呼，奔走相告。待武王赶到鹿台下查看纣王尸体，却发现他并没有被烧得焦烂。原来纣王还在自己的内衣里缝了五枚价值连城的美玉，叫"天智玉琰"，它们保护了纣王的身体免于焚坏。武王随即举起板斧，将作恶多端的纣王的脑袋砍了下来，悬挂在大白旗上昭告天下。

周武王终于成功讨伐了残暴的纣王，不仅为父亲和大哥报了仇，更重要的是，将黎民苍生从水深火热中解救了出来，从此开辟了历史的新纪元——两周王朝。

我们先讲西周时期发生的故事。

穆王会王母

周武王统一天下后,人民过上了安居乐业的好日子。当王位传到武王的曾孙子昭王手里时,却因他不理政事,而使周朝的国力和威望衰落下来。

昭王喜欢四处巡游,当他再次到南方游玩时,在汉水坐上了楚人为他准备的精美的画船。他手扶船舷,尽情欣赏两岸旖旎的风光,却感觉到船身在慢慢下沉,昭王问船夫是怎么回事,那船夫微微一笑,径直跳入水中,游走了。楚国人还在岸上热烈地欢呼着,眼睁睁地看着昭王的船没入了深深的汉水之中。原来,这艘美丽的游船竟是楚国人用胶做成的,胶一遇水便会融化,船自己就解体了。楚王就这样送走了这个不务正业的昭王。

昭王崩逝,他的儿子满继承王位,就是有名的周穆王。穆王"子承父业",比昭王还喜欢游玩,他巡视的车辙马履

很快遍布天下。要说穆王刚即位时还没这么大游兴，都是因为那天宫中来了个异人。

这个异人来自遥远的西方国度，自称化人，能变戏法。他从烈焰中进出而不伤毫发，悬在半空而不会掉落，把一座城池从西方故国搬到东方，还能毫不费劲地穿进墙壁……把穆王看得眼花缭乱，惊为天人。

这天，穆王在别殿摆酒款待化人，化人乘着酒兴，邀请穆王去他那里玩耍，穆王欣然答应。化人拉着穆王的衣袖腾空而起，把穆王带进了他在半空中的宫殿里。化人的宫殿辉煌灿烂，到处是异彩纷呈的光影和色彩，装饰着珍珠美玉，珍藏着秘技巧玩。穆王心神荡漾，不知过了多久，他开始想念起家乡，便要求回去。化人用手轻轻一推，穆王顿时便从半空中飞落下来，好似大梦将醒。他睁眼一看，自己还坐在别殿里，左右侍从都在，酒菜尚热，化人却在半空中朝着穆王微笑，一会儿就消失不见了。

这一下可把穆王惹得玩兴大发，他琢磨着神游都如此有趣，更何况到四方去实地游历呢？于是政事也不理了，百姓也不管了，决心驾着他那辆八匹骏马拉的车子周游天下。

这八骏可是大有来头，它们本是当时最厉害的御者造父从夸父山上寻到的野马。武王伐纣后，将战马散放于夸父山，就是华山之上，八骏即是这些战马的后代。它们虽然野性十足，但还保留着祖先征战沙场的气概。造父不仅善于驾车，还是个顶尖的养马人，他将八骏驯养调教好，还给它们分别起了个威风的名字，唤作：骅骝、绿耳、赤骥、白牺、渠黄、踰辉、盗骊、山子。八骏果然不同凡响，有的跑起来足不沾地，有的比飞鸟还快，有的一夜可逾越万里，有的背上生着翅膀可以飞行。造父将八骏进献穆王后，穆王便把它们养在东海岛的龙川一带，因为那里特产一种叫"龙刍"的草，普通的马吃了可以日行千里，更不消说这些骏马了，当地民谚有言："一株龙刍化龙驹。"

周穆王特意挑选了一个良辰吉日，登上造父精心打造的马车，带领大批随从开始了巡游天下的旅程。他在阳纡山见了河伯，在昆仑山游了黄帝的神宫，去赤乌族接受了他们献上的赤乌美女，在黑水封赏了殷勤接待的长臂国人……就这么一路西行，八骏马车拉着穆王来到了太阳的歇息之地——崦嵫山，在那里，穆王会见了西王母。

穆王手持白象牙圭、黑色玉璧和彩色的丝带献给西王母，西王母都一一答谢接受了。次日，西王母在瑶池设下筵席款待周穆王，原本豹尾虎齿的西王母此时化身为一位庄严美丽的女神，与穆王相谈甚欢。席间，她还吟诵一首风雅的诗歌送给了穆王，穆王也赋诗相和，两人一唱一和，极尽宾主酬答之乐。

宴罢，穆王驾车登临崦嵫山顶，让人在那儿树了块石碑，上书"王母山"三个大字，并栽种了一棵大槐树，以示

纪念。

临别之时终于到了,西王母望着即将远行的车马,忧伤地赋了一首诗:

"自从我来了西方,住在这旷野之间,便日日与虎豹同行,与鸦鹊为伴。我孤守这方土地不敢迁移,只因我是天帝的女儿。只可怜我那些良善的人民,不能随你同去。乐师奏起笙簧,心魂却在乐音中翱翔——万民的君主呵,只有你才是天下的瞩望。"

在场的人闻之无不泪如雨下,穆王一步三回头,依依不舍地告别崦嵫女神。

回国的途中,有人进献了一个叫偃师的巧匠给周穆王,偃师和一个穿着奇异服装的人一同觐见穆王。偃师指着那人禀告穆王:"这是我制作的一个会唱戏的假人儿。"穆王仔仔细细瞧了又瞧,总觉得这假人儿言行举止,和真人一般无二,大为惊异,便叫出后妃宫眷都来听它唱戏。

你瞧,这假人儿载歌载舞,合拍押韵,千变万化,随心所欲。穆王越看越疑心:这么灵活的动作,这么逼真的声音,可不就是个真人吗?偃师莫不是在骗我吧?正想着,就见它色迷迷地斜睨着穆王的后妃,还冲她们挤挤眼,挑逗得这些美人都害了臊。穆王勃然大怒,拍着桌子叫人把偃师和"假人儿"拖出去斩了。

这可把偃师吓慌了,他赶紧抓住还在那儿卖弄风情的怪人,拧下它的脑袋,拉掉它的手脚,剖开它的胸膛,把里面的肠子、肺叶、心脏、脾肝,外面的皮肤、毛发、鼻子、牙齿都拽下来呈给穆王看,原来真是些颜料、木头、皮革、胶漆。再待偃师把这全套的器官零件都拼合好,那人又接着挤眉弄眼地表演开来了。

穆王见状也就转怒为喜,他玩心大发,把那假人儿的心脏摘出来,它立马就瘫软在地上;把眼睛揪下来,它就成了睁眼瞎,辨不清东西;把肾脏拎出来,双脚就一步也不能走,和人的器官运作一模一样。穆王叹了口气:"唉,人工的技艺竟能和大自然比肩,真可谓'巧夺天工'!"于是,他欢欢喜喜地赐给了偃师一架华丽马车,随同他一起回京。

还没走到洛邑,忽有京城来报,说南方的徐偃王造反起兵了,眼看就要打到洛邑。穆王赶忙换了乘轻便的战车,带领精兵锐骑,飞奔解围。哪知那个徐偃王不会用兵,穆王的飞骑一到,便将他们打得落花流水,自己就偃旗息鼓,躲进深山里了。乱兵平定,穆王感激造父驯马驾车有功,封他在了赵地,造父便成为了东周时赵国的祖先。

徐偃王避战

咱们接着讲讲那起兵造反却虎头蛇尾的徐偃王。

徐国的宫廷里,有个宫人平白怀了身孕,十月临盆,生下的却是个肉球。大家都觉得这肉球是个不祥之物,把它丢到了宫外的水边。

河边住着个孤苦老太婆,和一条叫鹄苍的狗相依为命。鹄苍跑到水边玩耍,看见肉球就用嘴叼了回去。奇怪的是,鹄苍对它像母亲一般,把肉球暖在自己的身子下面,孵了十几天,硬是从肉球里孵出了一个小婴孩,像小狗一样四肢朝天地仰着。老太婆就给他起名叫"偃",就是仰的意思。

宫人听说了这件奇闻,便把偃要了回去亲自抚养。偃真是个奇特的小孩,他能把眼睛翻上去看自己的额头,而且秉性温厚纯善。老国君很喜欢他,退位后便让他做了徐国国君。

偃做了国君之后，广施仁政，结交邻邦，得到了人民的拥戴，天下诸侯多半称颂他。偃王不喜欢像穆王那样成年累月地出门巡游，他只有一点小癖好，就是喜欢搜集奇奇怪怪的东西，比如深潭中的怪鱼，深山中的异兽，然后把它们分门别类地陈列在宫苑中，供他空闲时观赏。

那时周穆王到西方去巡游，很久都没回来，朝政乱作一团，人民生活也陷入不堪。徐偃王想趁机夺取王位以解救人民的困苦。他起初还小心翼翼，只敢借交通不便的由头，在陈蔡两国之间开凿运河，为从水路向北方进攻作准备。在开凿过程中，工人从泥土中挖掘出一把红色的弓和一束红色的箭，徐偃王以为这是天赐的祥瑞，从此想代替周穆王做天子的心愿更加强烈了。江淮一带的诸侯们听闻此事，也都以为他可以做天子，纷纷前来归附。不久，徐国的附属国就达到了三十六个。徐偃王觉得时机成熟，可以举兵北上了。

但他空有一颗野心，却无足够的魄力，已经兴师动众了，却不敢大张旗鼓地干上一场，总让人觉得他的出击带着些试探的意味。他这一迟疑可不要紧，正好给周穆王提供了从西方千里奔袭的时机。

徐偃王见周穆王来势汹汹，生怕再这么激战下去，给老百姓带来的灾难就更加深重了，天性厚道的徐偃王不忍见到因为他和周穆王争天下而使天下遭殃的局面，见穆王的军队到来，就引兵退让了。就这么且战且退，他们一直退到彭城

武原的东山脚下,然后便逃窜进了深山穷谷之中,躲着不再出来了。他的个人英雄事业,到这里便结束了。

虽然他失败了,老百姓却非常拥护他,跟随他躲进山谷的人民数以千万计,后来那座山就改名叫徐山。偃王在山里依靠岩穴搭了座石屋,终生居住在里面。偃王死后,人民在石屋里摆了他的神像,时常去拜祭。

至于周穆王啊,据书上写,还没等战争结束,他所带领的那些兵士将领就全都变作了动物,如果德行好点呢就变成猿猴、白鹤,品性低劣的就变成泥沙、虫子。

杜伯射周宣

周穆王再传到周宣王,周王朝又有了些中兴的气象,大家都认为宣王算得上一位明君。可他没能贤明一辈子,到了晚年,便做了些丧德败行的糊涂事,以至于最后惨死在一个复仇的冤魂手里。

宣王的大夫里,有个叫恒的杜国诸侯,又称杜伯。宣王的宠妃女鸠爱慕上了风度翩翩、年轻有为的杜伯,便想方设法去引诱他。正直的杜伯决不肯做这等伤风败俗、有辱君王的可耻勾当,三番五次拒绝了她,先是委婉,后是严厉,让那女鸠毫无可乘之机。她恼羞成怒,起了恨心,要害死杜伯,于是跑到宣王面前哭哭啼啼地告状:"杜恒是个小人,他勾引我不成,竟然大白天对我动手动脚!"宣王一听,顿时雷霆大怒,不分青红皂白,马上派人把杜伯抓来,关在了焦地,让臣子薛甫和司工绮审问杜伯,要求他们一定要找出

罪状来杀了杜伯。

但无辜的杜伯何罪之有？任他们怎么审问也没个结果。就在此时，杜伯的朋友左儒挺身而出，找宣王为友人申冤。不管左儒如何据理力争，固执的宣王就是不听，最后竟然恼怒起来训斥左儒："违背主上，袒护朋友，你就是这样做一个君子吗？"左儒淡淡一笑，答道："臣只听说古来的节义之士，绝不会糊里糊涂去找死，但也绝不会轻易改变他的主张去苟且偷生。您若因此杀我，我也绝不会反抗，我会用死来证明杜伯的确是无辜的，您决意杀他就是个错误！"宣王彻底被激怒了，他找不到理由杀左儒，只能把一腔怒火撒在杜伯身上，叫人马上把他杀了。左儒见宣王这样不分忠奸，不听忠言，回到家也自杀了。

杜伯在临死前恨恨地说："主上杀我，可我是清白无罪的！若我死后无知，也就罢了；若死后有知，不出三年，我一定要让主上明白他滥杀无辜的罪过！"

三年转瞬即逝，杜伯死前的话人们也慢慢淡忘了。杜伯的冤魂却没有忘。

那日，周宣王会合天下诸侯，在镐京附近的宫苑中打猎，出动了几百辆车子，随从几千人，旌旗羽扇，铺天盖地。诸侯们各显神威，拈弓搭箭，宣王也不减当年兴致驱车逐猎。

太阳当顶的午时，忽然在人群和车群之中，出现了一辆奇怪的车子：白车白马，车上端坐着一个身穿红衣、头戴红帽、手拿红色弓箭的人。待车子驶至人前，大家终于认出，这原来是三年前被无辜处死的杜伯。杜伯依旧是当年的风采，只是脸上没了笑容，双眉紧锁，二目圆睁，浑身一股复仇的杀气。人们先是吓呆了，接着便四处逃散。但杜伯并不搭理旁人，径直赶了车子去追宣王。策马狂奔的宣王扭头一看，白衣素车的杜伯已经追到了身后，顿时吓得面无血色，浑身发抖。

杜伯的车子瞬时就赶超在宣王前面，他转过身来，搭弓射箭，红色羽箭不偏不倚，正中宣王心窝。宣王惨叫一声，捧着箭杆，身子向后一仰，向前一扑，就伏在自己的马鞍上不动弹了。一阵风儿吹过，杜伯和车马飘入云端不见了。如蝇附蚁聚一般，奔散在四野的人马重新聚拢过来，查看车上中箭的宣王，他刚刚断气，身体还是温暖的。

等人们回宫再检查宣王的尸体时，发现他的脊梁骨都被折断了。

烽火戏诸侯

宣王死后,他的儿子幽王即位做了天子,他是西周的亡国之君。他的宠妃褒姒也因此担上了亡国祸水的罪名,和夏桀的妹喜、商纣的妲己鼎足而立,成为倾覆王朝的三个传奇女子之一。其实,褒姒是这三人中最无辜的一个。

褒姒是个自小无家可归的孤儿,后来被褒国当作赎罪的奴隶献给幽王。她在幽王的后宫,和成千上万的女奴隶一样,毫不引人注意,直到好色的幽王偶然巡视后宫,发现了这朵幽谷中的娇花。

褒姒虽然花容月貌,却冷若冰霜,那冷冰冰的态度和其他姬妾截然不同,让幽王一见倾心。他竟废掉了申后,立褒姒为王后。幽王对褒姒小心翼翼,百依百顺,让她享尽人间富贵荣华,琼楼玉宇、珠环翠绕、龙肝凤胆、美味珍馐,应有尽有。可这褒姒娘娘还是一副不开心的模样,自从入宫以来，别说大笑，就是莞尔一笑，人们也不曾见到。她从小就没有双亲抚养，也没有兄姐扶持，即使眼前有享不尽的富贵和君王的万般宠爱，她还是觉得孤零零的，看什么神情都是淡漠而忧郁。

幽王为了让她破颜一笑，想尽了法子，又是观月，又是赏舞，又是筵席，又是打猎，一点作用都没有。可这么一来，幽王反倒觉得她与众不同，更加宠爱她了，但也引得幽王愈发希望见到她笑。想来想去，他想出了一个自以为聪明、其实糊涂透顶的主意。

那时候的人们为了传递军事情报，会以国都为中心，向四方的边境按一定距离设置烽火台。烽火台一般都建筑在高岗之上，派专人守望，一有情况，白天就点起狼烟，晚上就点起烽火。如果国都或者边关告急，这些烽火台就被一台一台点燃，传递消息。因此，烽火台的燃灭关乎国家的安危兴亡，是天大的事。哪知幽王竟然打起烽火台的主意来。

他让人在京城擂起战鼓，并点燃了第一座烽火台。滚滚狼烟被不远处的第二座烽火台守台士兵看到，也点燃了第二座，就这么依次向远方传下去。各路诸侯看到京城传来狼烟，大惊失色，以为天子定是出了大事，赶紧调集兵马，昼夜兼程赶去救驾。好不容易到了京都，却见国君安然无恙，原来是天子跟大家开了个玩笑！四方兵马风尘仆仆地开进

来,又带着沮丧和愤怒开出去,好像小孩子逗引搬运食物的蚂蚁,把那米粒拿开,使蚂蚁们慌乱地寻找,挤挤撞撞搅成一团。瞧那大路通衢上,将军们发脾气,兵曹们瞎咕哝。东边几支队伍互相纠缠,起了误会,正闹得人仰马翻乱成一锅粥;西面远远地刚来一支部队,他们派出的斥候骑在马上,躲在林子里正手搭凉棚,探头缩脑,侦察敌情……

陪同褒姒在城楼上观看取乐的幽王被此情此景逗得哈哈大笑,褒姒终于咧开了小嘴,被逗得乐不可支。幽王如愿以偿,以为自己找到了逗褒姒笑的不二法门,以后每每想逗褒姒笑,就故伎重演。可上当受骗的诸侯却一次比一次少,褒姒笑得也一次比一次少了。

而朝中也不安宁。大贵族尹氏专权,不顾生灵涂炭,只想维护自己家族的煊赫富贵,他们残酷压迫朝野内外,人们敢怒不敢言,便暗地里流传着一些奇异的传说。比如说,幽王二年,泾、渭、洛三条河流同时干涸,连周民族的起源地岐山也塌陷了。比如说,某地好端端的大黄牛突然变作猛虎,温顺的绵羊变作一窝狼,一齐出来危害村民……这些灾异既是亡国的预兆,也可以看作百姓反抗的志愿。总之,周朝到处人心惶惶,不可终日。

幽王第一个王后申后,早就给幽王生了个儿子叫宜臼,他长大后便被封为了太子。可幽王偏爱褒姒,无缘无故废掉了申后，还在褒姒生了儿子伯服之后，想立伯服为太子。于是幽王屡次设计谋害宜臼。那天，他带宜臼去园中游玩，叫人把老虎从笼子里放出来，想借老虎之口杀死宜臼。岂料宜臼胆识过人，圆睁怒目，大吼一声，把老虎吓得连连后退，趴在地上俯首帖耳。

申后的哥哥申侯家势强盛，他对幽王无理废掉自己妹妹的后位，甚至企图谋杀自己外甥的行为非常恼怒，一直在找机会报复。可巧此时，幽王任命了一个佞臣虢石父当丞相，全国上下都愤愤不平，十分反对。申侯见机，联合了西夷、犬戎等几个少数民族一同起兵讨伐幽王。幽王连忙命人点燃烽火，召唤各地诸侯前来救驾，可那些被骗了多次的诸侯谁也不理他。大兵压境下，幽王没有办法，只好携着褒姒逃到了骊山脚下。就在这里，幽王被追兵杀死，褒姒被犬戎人夺走。西周灭亡。

战后，申侯在参战各族的同意下，拥戴太子宜臼做了天子，史称周平王。

平王即位后，犬戎族逐渐强大，时常骚扰京都，平王便将国都从镐京迁至东边的洛邑，就是现在的洛阳。历史上人们把迁都后的周朝叫做东周，以示区别。但是周王朝已经经不起这番折腾了，国力一日日衰微下去，各诸侯国各自为政，周天子的统治也是名存实亡。鲁国的史官把东周前半阶

段的大事按四季编成一本史书，简称《春秋》，后人就用"春秋"代指这段时期；西汉末年的刘向把东周的后半段历史编成一部书叫《战国策》，记述了这一时期七个大诸侯国互相争战的故事，人们便用"战国"来代指这一阶段。

春秋战国时期的故事

碧血丹心

周平王往下传十代,就到了周灵王在位的时候。

灵王甫一落生,嘴巴上就带着两撇八字胡;长大后,更是仪表堂堂,气度非凡。因为这两撇胡须的故事,在他即位做了国君后,人们就给他起了个"髭王"的雅号,灵王也颇为自得,常以此号自诩。

按说长着这么堂皇的相貌,灵王本应成为一个深受各国诸侯拥戴敬慕的君王才对,但时代早已不如西周先王在位时那般。诸侯们都忙着争地盘,鲜有拜访者,尤其是那些跋扈傲慢的大国诸侯,恨不能自己早日一统天下,根本不把当朝天子看在眼里。灵王对此心中十分苦恼。

一日,他召来信任的大夫苌弘,向他倾吐自己的烦闷,希望他能想出办法来让百国朝拜。这个苌弘是蜀人,身量颀长,面容清癯,两只眼睛炯炯有神,人称"智多星",还有些神通法术。只听他朗朗答道:"大王放心,凭臣的法力一定能使各国诸侯前来朝拜;敢有不来者,臣将给予惩罚。"灵王只听说过他有些法术,但从没领略过,便请他先施些神通给大家瞧瞧。苌弘一口应承下来,约定翌日在昆昭台上招来两位神人给大家看看。

次日,灵王在昆昭台上摆下筵席,迎接神人下凡。昨天消息传开,不仅朝臣到得格外齐整,连后宫的嫔妃都浓妆艳抹,赶来看热闹。时辰已到,苌弘便登上高台,口中念念有词,举手向空中招了招。只见遥远的天边冉冉飘来两朵五色祥云,云上各站着一位长髯飘胸、身着羽衣、手执拂尘的神人。众人见神人降临,忙起身施礼。灵王将他们引到主宾位置上,请二位神人饮酒吃席。

酒过三巡,神人兴致渐高,便开始为众人作法。其中一位说:"天气炎热,我为大家招来些霜雪,清凉一番。"说罢便抬头朝空中喷了一口气。刚才还湛蓝如洗的晴空立刻彤云密布,霎时间雨雪大作,冻得在座只穿着夏衫的将相后妃瑟瑟发抖,起了一身的鸡皮疙瘩,宫中的池水也结了冰。灵王赶忙命人从库中取出冬衣,众人披上棉衣,才觉得好过些。

这时,另一位神人起立说道:"我这仙兄把大家都冻着了,小神就弄点阳光给诸位取暖吧!"于是,他用手指在席案上轻轻弹了几下,阵阵干燥的暖风应声而至,云开雪散,

红日重新出现在碧空之中。炎日如同火伞一般,人们又回到了炎热难耐的夏天,纷纷脱下棉袄,拿起凉扇摇风送爽。

两个回合下来,众人都被两位神人冬夏随心而变的高妙法术赞叹连连,敬服不止。灵王也因此见识了苌弘的本事,心中对他更加信任了。他命人添酒回灯重开宴,陪着两位神人直喝到日头西沉,彩霞满天。这次会面,宾主尽欢。

灵王又把苌弘召来,问他:"有什么法子能让那些跋扈的诸侯受到惩罚吗?"苌弘答道:"臣可以用当年姜太公收服丁侯的法子。"这说的是武王伐纣的旧事了。当年武王召集各国诸侯会盟参战,只有丁侯不肯来,于是姜太公命人画了张丁侯的像贴在木板上,每天都用箭射它。一直射了三十天,丁侯本人得了重病,便叫人卜了一卦,显示作祟的在周国方向。丁侯马上明白过来,派将士赶往前线参战,并表示悔过。太公便拔下了丁侯画像上的箭,丁侯的病果然渐渐痊愈了。

谁料这场密谈竟被朝中一个嫉贤妒能的小人听到了。他想,正好可以借机铲除苌弘,便派人四处散播谣言,说什么苌弘要用法术叫四方诸侯来王都朝拜,谁敢不来就会受到神灵的惩罚。各路诸侯一听,自然对苌弘甚为不满。当时的晋平公还召来大夫叔向,专门商议对付苌弘的计谋。

这个叔向也是当时的著名人物。他姓羊舌,名肸,字叔向,是晋国功臣羊舌职的儿子。他贤明又多智,深得晋平公的赏识和信任。听完晋平公的想法,叔向思考片刻,就凑到晋平公跟前,悄悄地说:"您想除掉苌弘,这并不难。您只要给我五辆装满珠宝的辎车,待我出使周朝,自然有办法借刀杀人。"

晋平公听后大喜,忙按叔向要求的准备好,便派他出使王都,拜见灵王。

叔向一行人来到京都洛邑,先是代表晋平公向灵王致敬,接着就献上了精心准备的贡品。正愁无人尊敬的灵王对晋国的忠心和懂礼大加赞赏,特地在朝堂上大摆筵席,款待使者,并点名让苌弘作陪。

在洛邑十多天的工夫,叔向等人马不停蹄地把周朝的重要臣子几乎拜会了一遍,统统赠送了贵重的礼物,并有意笼络那些对苌弘反感的人,明里暗里怂恿鼓动。狡猾的叔向还亲自登门拜访了苌弘,两人谈天说地,相交甚欢,苌弘都快把叔向当作挚友了。灵王听闻,对叔向更加欣赏了。

回国之前,叔向向灵王拜别,灵王赏赐给他们许多珍宝礼物,并在北门外为他们设宴饯行。离别之际,苌弘和叔向都有些醉意了,彼此之间依依不舍。宴罢,叔向被卜人扶上马车,扬鞭而去。

君臣散去,侍者忙着收拾残杯剩盏,忽然在叔向的座位下发现了他遗落的小包裹,打开一看,可把侍者吓得魂飞魄散。那里面是一封帛书,写着:"请您替我转告晋君,我和

主上谋划的那件事,现在时机已经成熟,主上马上就可派兵来洛了……"灵王认出,那正是苌弘的字迹——其实是叔向故意接近苌弘,乘机学习模仿的。灵王一面派人把叔向追回来,一面命令将苌弘抓来。不久,追赶叔向的人回来禀报说,叔向一行离开京城后便快马加鞭,这会儿早就出了国境了。灵王不禁想起这十几天来,苌弘和叔向日日厮混,打得火热。那些受了叔向挑唆的朝臣更是添油加醋,纷纷上奏苌弘有的没的的过错。这样一来,灵王更坚定了苌弘是晋国间谍的判断,不听苌弘解释,便判了他车裂的重刑。车裂,用俗话说就是五马分尸,把人的头部和四肢分别拴在五辆会往不同方向驶去的马车上,然后同时驱赶马匹,撕裂犯人的肢体。可怜苌弘一生忠诚,竟落了个如此悲惨的结局。

蜀地老家的乡亲们都为苌弘抱不平,他们派代表赶到刑场,把苌弘的鲜血用木盆盛起,埋在了地下。三年后,来祭奠的蜀人挖出木盆一看,盆子里那鲜红的血液,竟然变成了碧绿的美玉,晶莹剔透,闪烁生辉,仿佛是苌弘忠烈灵魂的化身。打这儿以后,人们便使用"碧血丹心"这个词来形容那些忠义爱国的良臣。

太子晋

从上面的悲剧我们也看得出来,周灵王只是个徒有其表的庸君,可他的太子晋却是个非凡人物。

晋从小就非常聪明,而且胆识过人。他十二三岁的时候,正赶上发洪水,洛邑附近的洛水和谷水合流,几乎要漫过堤防,冲毁王宫。灵王只知道派人运土堵水,却忘了当年的鲧禹治水的经验教训,还不如晋这个小孩儿,在父王面前讲了一大堆水不可硬堵而要疏通的大道理。且不说晋的建议中有多少可行,就他这勇敢的举动便让世人大为惊奇,各国诸侯都知道了天子还有这么个英明的继承人。又是那个晋平公,他当了霸主后因为生出了统一天下的野心,对灵王那儿的一举一动格外上心,如今听说了晋的事迹,不禁对这小太子又妒又怕。他想到自己刚用计把苌弘害死,还强占了两块王土声就和复与,等那小太子即了位,他肯定得跟自己算总

账。不行,趁着晋还乳臭未干,得赶紧消除这个隐患!

晋平公把叔向找来,派他再次出使洛邑,这次的目的是为了打探关于晋的消息。

叔向见了灵王,马上去拜会太子晋,想从他的交谈中试试这孩子的斤两。两人才谈了五个问题,倒有三个被晋反问回来,直把老奸巨猾的叔向问得无言以对,只好尴尬地拜退。叔向回国后,向晋平公报告晋的情况:"太子这个小东西果然不凡,别看他才十五岁,我跟他谈了五个问题,倒有三个被他占了上风。依臣之见,不如趁早把那两块土地归还给周王吧,不然等晋掌了权,一定会找我们麻烦的!"

晋平公一听,心里犯了嘀咕:这还吧,实在舍不得那么肥沃的良田;不还吧,只怕早晚是个祸根。这时,一旁的老乐师师旷进宫觐见国君,正巧听到两人对话,便请求道:"大王,您派老朽去王都会会那孩子吧,要是连我都不能对付他,咱们再还田地不迟。"师旷双目失明,却技艺高超,而且是位忠诚正直、博学多识的老人家,晋国上下都很尊敬他。晋平公一时也没了主意,便同意以交流音乐的名义把师旷派往洛邑。

师旷在太子府拜见了晋,两人一个坐在殿上,一个站在殿下,纵谈古今。太子有问必答,言无不尽,师旷见识高妙,口若悬河。不知不觉,已谈了两个时辰。当时正是隆冬腊月,师旷在殿下站得久了,便跺脚取暖,晋这才意识到该请老先生上殿就座。侍臣们小心翼翼把师旷扶上殿，待他坐定，晋命人便取来一张瑟，请师旷演奏。师旷一边鼓瑟，一边唱了一支叫《无射》的歌。接着，晋也拿起瑟，演唱一首《峤》，君臣二人一唱一和，尽欢而散。师旷回国时，晋特意赏赐他一辆四匹马拉的车子，以示尊敬。

师旷向晋平公报告说："当今太子果然聪慧非凡，只可惜是个短命鬼。我与他谈话时听到，虽然太子的嗓音清亮，但略带痰喘，可知他的面色必定是白里透红，如火烤过的一般，这就是痨病的前兆，不出三年，他一定会驾鹤归西。老臣临走时，他也向我询问了寿命之事，老臣如实跟他讲了。所以请主公放心，不成大患。"

正如师旷预料，三年后，太子晋薨逝的噩耗传到了晋国。

然而，在史书上还有另外一种说法，太子晋又名乔，他并没有死，而是作了仙人。

王子乔擅长音乐，他最喜欢一个人到伊水和洛水的岸边吹笙，乐声美妙，酷似凤凰鸣叫。有个叫浮丘公的道士见他颇有些仙风道骨，就接引他到嵩山上去修行，对外便宣称他已经死了。王子乔在嵩山一住就是三十年，终于修成了仙。偶然在山上遇到了一个叫柏良的老友，王子乔便对他说："请您回去替我禀告家人，叫他们七月七日在缑氏山下等我，我要和他们告别。"

　　缑氏山与王子乔颇有渊源。据另外一个版本的故事讲，他还做太子的时候有一天骑白马来位于洛邑附近的此山游玩，偶然射伤了菊花仙子的金鹿，因此与仙子定情。菊仙骑鹿升天，走前告诉他："你若愿脱离凡尘，便可到瑶台找我。只要和白马同饮一池水便可。"太子连忙牵马寻找清泉，在西山顶上找到后，与白马同饮，白马化为仙鹤，太子亦成仙。他骑鹤升天时，剑缑，就是缠在剑柄上的绳子，被一丛酸枣树的荆棘挂住，还没来得及解开，白鹤便腾空而起，剑缑"嘣"的一声被扯断，留在了山上。直到现在，山顶西侧还留有一个大坑，据说就是当年的饮马池，或者叫饮鹤池。这里偶尔会有人拾到几块水晶石，据说是当年太子洒落的碎银子。而这座山因为遗落的剑缑，便被称作缑氏山，山上有武则天亲笔书写的升仙太子碑。

　　言归正传，到了那天，灵王领着后妃家眷守候在缑氏山脚下，只见乔骑着一只白鹤翩然而至，他站在山顶上，远远地向家人致意。家人们眼见着他的音容笑貌，却因无法攀登上那陡峭的顶峰而黯然神伤。乔在山顶上盘桓数日，便驾鹤消失了。乔走后，云端里落出两只绣花拖鞋，算是他临别留给父王的纪念。灵王拾鞋的地方如今被称为"抚父堆"，灵王在土堆上为儿子修了一座庙叫"子晋祠"。每当风和日丽的时候，祠中便会传出美妙的笙簧之音，引人遐想联翩。唐代一位诗人宋之问便为王子乔作了这样一首诗：

"王子乔,爱神仙,七月七日上宾天。
白虎摇瑟凤吹笙,乘骑云气吸日精。
吸日精,长不归,遗庙今在而人非。
空望山头草,草露湿人衣。"

异人公冶长

孔子是春秋时期鲁国人,他的学说影响了西汉之后中国古代的主要思想方向,是我们华夏民族的大圣人。孔子一生在鲁国设立杏坛,教授学生,其中最有名的七十二个人被合称为"七十二贤",我们单挑里面最有传奇色彩的公冶长来讲。

七十二贤个个有专长,公冶长最擅长的是懂得鸟兽之语,堪比上古的伯益。鸟兽和人一样,也有自己特殊的语言,只是人类不懂得罢了,但是根据古书记载,从春秋时代开始,懂得鸟言兽语的人渐渐多了起来。

比方说当时一个小诸侯国的国君介葛卢。有一次他到鲁国出访,听到廊下牛叫,便对鲁僖公说:"那牛说它生了三个儿子,全都被您当祭品了。"鲁僖公忙命人去查,果真如此。

东汉的时候还有个杨翁仲,那天他骑了一匹跛脚马到田野里去,看见田野里也有一匹马在吃草,同类相见,便仰着脖子互相嘶鸣。仆从猜:"它俩一定聊得很亲密吧!"杨翁仲却说:"哪有!它俩在互相嘲骂呢!那匹马骂咱们家的马是个跛子,咱们的马骂它是个独眼龙。"仆从不信,跑去一看,果然如此。更厉害的是三国时代的管辂,他还懂鸟语,听到喜鹊告急的鸣叫,就知道村东头的恶妇杀害了亲夫。

唐代的白龟年,可以辨别"九天禽语、九天兽言",雀儿告诉他城西居民家地里的粮食没收干净,马儿通告他槽里的饲料发馊了不能吃。诸如此类,不一而足。

咱们再回头讲公冶长。那次他从卫国返回鲁国,途径鲁国边境一个叫二堺的地方时,听到树林里有群麻雀叽叽喳喳讨论得正欢,他也赶路赶得累了,索性坐到树下边歇息,边竖起耳朵细细听起来。原来这些小雀儿们在招朋唤友:"快到清溪吃死人肉啦!快到清溪吃死人肉啦!"公冶长听得心中很是纳闷,但也没有多加理会,稍息片刻便继续赶路。

当公冶长走到一条大路上,正巧遇到了一个老婆婆在路边哭得一把鼻涕一把泪。公冶长看得不忍心,就上前劝慰她,问她究竟出了什么事如此伤心。老婆婆看了他一眼,好不容易才止住泪说:"我儿子前天一大早就出门了,可到现在还没回来,多半是给人谋害了吧?我可就这么一个儿子,以后可怎么办啊!你要是死了,也得让我看一眼你的尸体

啊!"

公冶长听着也感同身受,替老婆婆着急,他说:"老婆婆,您这么伤心也于事无补啊!我刚才在林子里听到一群麻雀在叫:'清溪里有死人肉。'不知道是不是您儿子,您快去看看吧!"

老婆婆怀疑地看了他一眼反诘道:"你是什么人?你怎么知道麻雀说的话?"

公冶长老老实实地回答:"我叫公冶长,懂点儿鸟兽的语言。"

老婆婆把"公冶长"这个名字牢牢记在心里,赶忙跑去了清溪。那儿果真躺着具尸体,老婆婆一瞧,可不就是自己可怜的儿子吗?不对,一定是刚才的那个公冶长害死了他!不然他怎么知道得那么清楚呢?老婆婆一纸状书就告到了县官那儿,县官问她:"您凭什么怀疑公冶长?您又怎么知道儿子在清溪呢?"

"都是公冶长给我说的。"

"那就更怪了,"县官拈着胡子,"他要是没参与杀人,怎么知道的呢?"

于是,公冶长就被抓了来,他把前因后果都讲了一遍,那县官还不是个糊涂人,便拍板决定:"这样吧,公冶长,本官得先把你这个嫌疑犯收监关押,若日后有机会能验证你的本事,就可以被释放了。若不能,那只能判你是杀人犯。"

一直关了公冶长六十多天,人们才看到监狱的栅门上飞来几只小鸟,单脚站着,叫个不停。狱卒忙把公冶长带过去,就见公冶长一声不吭,面露微笑,一副心领神会的样子。狱卒便把他又带到县官那儿,让他说说那些小鸟谈的什么。

公冶长答道:"我听见它们说,叽叽喳喳,白莲水边,翻了车子,倒了麦粟。泥沦车足,公牛折角。收之不尽,相呼共啄。"

县官马上派人去查,公冶长说的一点不差。县官便兑现承诺,把他无罪释放了。

哪知公冶长奇异的本领给他带来的牢狱之灾可不仅这一桩,有人还讲了个故事——

贫穷的公冶长一时找不到事情做,赋闲在家,一只雀儿飞进来,绕着公冶长不停嘴地叫:

"公冶长,公冶长,南山有个虎驼羊;你吃肉,我吃肠,快去取来莫彷徨。"

公冶长喜出望外,去南山把那只死羊拖回家,和小雀儿饱餐了一顿。没高兴一会儿,那只羊的主人就循着踪迹找来了。他们一看,墙上挂着的一对羊角可不就是自己羊儿的,于是认定公冶长是偷羊贼,告到鲁国国君那儿了。国君传讯公冶长,却不信他的解释,把他关进了监狱。

师父孔子听闻此事,心急如焚,忙跑到鲁君那儿为徒弟

喊冤。他知道自己的学生素来清正，虽有些奇异才能，但从不用来做那些鸡鸣狗盗的下流勾当。但鲁君只认证据，不听辩解，孔子只好无奈地回去，他常常跟身边的人叹息："我这学生身陷囹圄，却不是他的罪过！"

老天有眼，不会让公冶长的冤屈不为人知。那天，空中飞来一只鸟儿，它在狱窗外扑棱着翅膀，边飞边叫：

"公冶长，公冶长，齐人出兵侵我疆；沂水上，峰山旁，快去抵挡莫沮丧。"

公冶长马上请狱卒把这个消息层层上报，禀告给鲁君。鲁君虽然还是犹疑不决，但是他知道此事关乎重大，宁可信其有不可信其无，就派了几个探子去齐鲁两国的交界处打探。这一试探可不得了，果然齐军都快开到国境线上了，明显是预谋已久，蓄意做足了保密工作。鲁君立即发兵应敌，由于得到消息尚早，给鲁国争取了足够的准备时间，将士们同仇敌忾，竟然打了个大胜仗。

如此一来，鲁君才相信了公冶长的奇才异能，对他大加赞赏。由于这次公冶长立了头功，按国律，鲁君拜他为大夫。可谦逊的公冶长却以自己因会点鸟语而当官为耻，他再三辞谢不受，坚持要日后靠自己的才学赢得国君的赏识，还是以布衣身份回了家。孔子认为公冶长人品贵重，可以在乱世中趋吉避凶，便将自己的女儿托付给了他。

伍子胥出关

伍子胥名员,字子胥,他的父亲是楚国贤臣伍奢,还有一个兄长叫伍尚。伍尚住在吴国,伍员住在郑国。

其时,楚平王为太子娶亲,儿媳是个美貌的秦国贵族女儿。奸臣费无忌知道平王是个好色之徒,便怂恿平王将这个秦国姑娘据为己有,再给儿子另选贤妻。伍奢听说后,极力反对这种伤天害理的乱伦之事,几次以死相谏。平王恼羞成怒,便要杀了伍奢。费无忌借机要对伍家斩草除根,便建议平王把伍奢的两个儿子召回楚国,一起杀掉以除后患。伍尚是个忠厚的老实人,他接到楚王命令就急匆匆赶回去;而小儿子伍员则机智过人,他想父亲刚刚被抓,此时被召回国一定没什么好事儿。

那天,使者带着诏令来到伍子胥家里,只见伍子胥身穿盔甲,持弓挟箭,说道:"甲胄之士,恕不跪拜。请您回去

告诉大王,如果认为我父亲无罪,就请马上释放了他;如果大王认为他有罪,依法惩治,我做儿子的定当信服。此时召我回去,于我父亲的罪行又有何益处呢?"

使者见他心意已决,便回国报告了楚平王。平王当即便知伍子胥不会上当,马上就杀了伍奢和伍尚,派人在各个关口城门悬挂榜文,捉拿伍子胥。

伍子胥听到了楚国传来的噩耗,心中无限悲痛,但他已经没有时间为父兄祭奠,便收拾行装,匆匆踏上了逃亡之路。

他决定向东南方逃跑,投奔吴国,借吴国国君之力为父兄报仇。但是这一路上会经过好几道难关,第一道就是昭关。这里两山对峙,关口险要,又有重兵把守,插翅也难逃。更要命的是,关口就贴着伍子胥的画像,盘查严格,很难蒙混过关。

伍子胥借住在关内老朋友东皋公的家中。晚上,他躺在床上辗转反侧,久久不能入睡,索性披衣起身,在屋内踱步,思考有没有什么好法子能出关。

不知不觉,天已大亮。伍子胥推门出屋,把东皋公吓了一大跳,原来二十多岁的小伙子,满头黑发一夜全白,看上去像五六十岁的样子。起初两人还甚是悲戚,但转念一想,不禁化悲为喜——正好可以利用这一点出关!

东皋公找来一个和伍子胥相貌身材相似的庄稼人扮作

他，让须发全白的伍子胥扮成老仆，再找个孩子扮成村童，一行人在关口三蒙两混，竟然顺利过关。

不过那守关的官兵很快就回过神来，前去追赶。幸亏昭关前面就是一座大森林，伍子胥躲进林子，避过了这场灭顶之灾。等追兵走过好远，伍子胥才敢向前继续赶路，来到了一条大江旁边。只觉这江水漫漫，翻波涌浪，连个渡船的影子都见不到，这可如何是好？要是被追回来的官兵见到，可就无处可逃了。

就在伍子胥犯愁的当口，一个老渔翁划着一叶扁舟，从那水天之际而来。伍子胥惊喜交加，急忙向老渔翁喊道："老爹爹，请你把船划过来，载我过了江去吧！"他连声喊了好几遍，老渔翁明明听到了，还故意做出不闻不问的样子，仿佛是害怕旁边草丛里有人窥探。老渔翁将小舟调头划走，留下了一阵歌声：

"我与你啊，相会在芦苇江旁！月亮升起了啊，太阳落下了山……"

伍子胥一听便心领神会，忙躲到一旁的树丛中等候。待到日落江下，月升斗牛，他便走出树丛，来到江边，果然看见老渔翁划着小船如约而至。老人边划边唱：

"太阳已经落山了，我的心仍旧忧伤；月亮慢慢升上树梢，何不登船渡江？形势更加急迫了啊，你究竟打算怎样？"

伍子胥拨开芦苇，跳上小舟，老渔翁马上调转船头，用

力撑篙，小舟如离弦之箭般向大江彼岸驶去。

到岸后，老渔翁见他面有饥色，便说："你在树下等着我，我去找点吃的来。"可是老人一去半天都没回来，伍子胥起了疑心，便钻进附近的草丛中躲藏起来。

不久之后，老渔翁便端着大麦饭和鲜鱼羹回来，他见四下里无人，便又唱道："芦中人，芦中人，你不是个穷书生吗？快来进餐！快来进餐！"这样呼唤了两三遍。伍子胥在暗处侧耳细听，确认老人的声音里并无歹意，才走了出来。老渔翁问他："我见你面有饥色，才好心替你找些东西吃，你怎么能怀疑我呢？"伍子胥大为惭愧，便施礼向老人家道歉："原本我的命属于上天，如今是属于您的了。"

饭后，伍子胥准备启程。临行前，他摘下腰间的宝剑，双手捧着，走到老人面前，恭恭敬敬地说："此剑本是先王所赐，上面刻着北斗七星，价值百金，今日送给老爹爹，感激您的救命之恩。"老渔翁笑道："老夫听说楚王有令，捉到伍子胥便赐粮五万石，官拜上大夫。我不贪图上卿之位，又怎么会稀罕你这百金之剑？还是你留着做个防身之物吧！"

老渔翁坚持不接受，并催促伍子胥快走。伍子胥不甘心，便询问老人名姓，以图来日再报。老人面露不悦之色，说道："现在天下大乱，你逃了楚难，我放了楚贼，你我都是犯法之人，要想安全，还是相忘于江湖的好。我只称你作芦中人，你管我叫老渔丈，将来富贵不相忘就是了。"伍子胥见老人说得在理，也不再追问，欣然应承。

可他刚走了没多远，又有些不放心地折回来，叮嘱老渔丈说："您把刚才用的碗筷都藏起来，万一有追兵看到，千万保守秘密。"老渔丈点头答应。

伍子胥走后不久，回头一望，只见老渔丈在江上弄翻了小船，沉江自尽了。伍子胥怔怔地望着滔滔江水，知道老人是为他而死，心中百感交集。

安期生成仙

秦朝的时候,有一个叫郑安期的方士精通医术。他出生在山东琅琊,常常在东海旁卖药行医。有一年秦始皇东游的时候患了病,请他治疗,秦始皇见他医道十分高明,跟他连着谈了三天三夜,非常想把他留在自己身边,为自己研究制造长生不老药,并赐给他大量金银财宝。但是郑安期坚决拒绝了,只留下一句:"千年以后和我在蓬莱山上相见吧。"然后就飘然而去。

郑安期往南走来到了羊城,眼见得云山巍峨,烟霞瑶淼,民风淳朴热情,但是人民贫病交加,非常需要一个好医生。于是,郑安期就在白云山找了个地方住下来,他常常背着一个葫芦,穿梭于附近的村庄之中,救活过不少病情危急的患者,对贫苦的病人更是体贴,不仅解其病痛,还用自己仅有的钱粮给他们帮助。大家都说,有了郑安期,才摆脱了

贫病的威胁,于是都亲切地唤他作"安期生"。

有一天,安期生正在一个小村子里救治病人,突然有一个惊慌失措的小孩哭着跑过来,说他的父亲急病发作,请他赶快前去救命。安期生听到这个消息,马上背着自己的药葫芦,跟着小孩往他家跑。小孩的父亲是一个贫穷的农夫,当时已经失去知觉了,身上烧得像是着了火,喉咙里还长着一个毒疮,三天三夜都无法进食了。安期生诊断农夫得的是热毒攻心的病症,这种病必须要九节菖蒲才可以治好。但是,这么贫穷的人家,吃饭都上顿不接下顿,怎么可能有钱买这么贵重的药材呢?农夫的妻儿都眼巴巴地看着安期生,哭泣着恳求他无论如何要救人一命。安期生只能安慰他们说:"别哭别哭,我一定能治好他的病,现在我就到山上给你们找草药去。"

事实上,安期生虽然做了几十年的医生,但也只是在医书上才见过九节菖蒲这种名贵的药材,从没有见过真正的实物,也未曾使用过。他只知道九节菖蒲生有九节,非常少见而珍贵,生病的人吃了可以药到病除,普通的人吃了可以延年益寿。医书上介绍说:在罗浮山的东涧、白云山的蒲涧里有这种药。最好的是生长在悬崖峭壁之上,没有沾染沙土,一寸九节,开着紫花的品种。于是,安期生决定到白云山上找药。

他连着跑了几十里,穿林越溪,度过层层的障碍,沿着

葛藤向悬崖峭壁攀爬。但是,他找遍了一座又一座山,走遍了一个又一个谷,脚上的六耳块鞋已经只剩下四个耳朵,双脚又痛又肿,仍然没有看到九节菖蒲的迹象。可一想到病榻上奄奄一息的农夫以及他妻儿恳求的目光,安期生顾不得劳累和饥渴,又继续艰难地寻找着。

自双溪到蒲涧,从蒲涧又到摩星岭,安期生走啊走啊,看遍了山崖上石缝里的每一棵小草,但就是找不到九节菖蒲。一直到了傍晚,当他从山腰上的小路再一次走回蒲涧的时候,突然,凉风习习,远处飘来一阵幽香,那香味清新过兰草,浓郁似茉莉,沁人心脾。安期生心中一动,兴奋异常地顺着香味一路找去,跑了十几步,到了一条山涧附近,低下头仔细一看,瞬间惊叫出声:"啊!这不正好就是九节菖蒲吗?终于被我找到了!"农夫的性命不容等待,安期生顾不上高兴,抓紧摘了几枝,转身就往回跑,跑回农夫家的时候,已是掌灯时分。

这个时候农夫已经病入膏肓,处于气息奄奄的弥留状态。安期生赶快拿出一个药钵,放入采来的几根九节菖蒲,捣碎榨出汁水,慢慢滴进患者的嘴里。一滴,一滴,又一滴……农夫的喉咙里传来一阵"咯咯"的响声,缓缓地睁开了双眼,还没到半个时辰,就完全清醒过来了。安期生把剩下的药渣再次捣了一遍,兑上清水一碗,把水和药渣一起送入农夫嘴里,只花了一顿饭的时间,农夫就长叹一声,呼出一口气，坐了起来。第二天，农夫就完全康复，可以下地干活了。

这个神奇的故事很快就在羊城的街头巷尾流传开来，后来越传越离谱，竟然把九节菖蒲传成了长生不老药，并且越传越远，连京城里都听说了。秦始皇得知安期生竟然找到了长生不老药，就下了一道诏书，命令他立刻将长生不老进贡呈上。安期生却还是同样的回复："千年以后和我在蓬莱山上相见吧。"秦始皇听到之后大怒："如果我能够活到千年以后，要他的药做什么！如果这个妖医再装神弄鬼，把他的头砍了带给我！"秦始皇再次派人去强迫安期生。安期生无可奈何，只能凭着记忆，沿着上次的足迹，一点一点地找回了白云山的蒲涧。回到蒲涧之后，安期生凝视着这些美丽而珍稀的植物，实在不舍得贡献给秦始皇。

他爬上其中一个悬崖，随手摘了一株闻了一闻，又伸出舌头舔了一舔，喝下一口汁水之后，瞬间感觉目明神清。等他回过神来想要再摘第二枝的时候，发现所有的九节菖蒲竟然都不见了！安期生惊讶无比，正在这个时候，一个老人不知从什么地方冒了出来，神情肃然又略带嘲讽地对他说："你不是郑安期吗？你难道想给秦始皇采摘九节菖蒲吗？哈哈哈哈哈……"

安期生大惊生色，不知道为什么这个老人家知道他的名姓，他想要干什么……没等他开口询问，老人又换了一种语

气,十分郑重地对安期生说:"你可真是个没有原则的人啊!连好人和坏人都不能辨别!"说完这句话,老人就消失了。

安期生好像在梦中忽然被泼了一盆冷水,瞬间醒了过来。他想:我给百姓治病,并不是为了钱财富贵,只是为了帮助别人,怎么能现在违背自己的初衷去给秦始皇寻找长生不老药呢?我就算抛开性命不要,也不能让秦始皇长生不老,继续祸害人民!心意已定,安期生转身从悬崖上跳了下去。

他听到耳畔呼呼的风声,身体莫名其妙地竟然慢慢飘了起来,正在这个时候,半山中忽地飞出一只巨大的白鹤,张开两只翅膀,以迅雷不及掩耳之势飞了过来,轻柔地将安期生托了起来,向着白云山的最高峰摩星岭飞了过去,然后越飞越高,越飞越高,一直飞到了九天之上……

传说安期生飞升的日子是农历七月二十四日,后来,羊城人就把那一天称为"郑仙诞",并且在白云山上设立了一个祠堂,取名叫"郑仙祠"。白云山附近的居民,用这种形式纪念着好心的安期生。

孟姜女哭长城

松江府华亭县境内有一座庄园,主人孟员外是一个很善良的人,他家里也十分富足。美中不足的是,员外夫妇都已经快要六十岁了,却仍然没有孩子,总是遗憾空有偌大家产,却不知身后留给何人。有一年的春天,孟员外的家人孟兴在后院墙角种了一个冬瓜,冬瓜的藤蔓爬上了一堵矮墙,顺着矮墙一直爬到了隔壁姜婆婆的屋顶上,在那里结了一个巨大的冬瓜。冬瓜长得十分奇怪,瓜皮光滑而有光泽,无论谁看到都啧啧称奇。等到秋后冬瓜成熟的时候,两家产生了矛盾:孟兴坚持这瓜是他种的,当然归孟家所有;姜婆婆却争论说瓜明明长在她的房顶上,应该是属于她的财产。两家人为了冬瓜的归属吵了很久,最后达成协议:把瓜摘下来用刀分成平均的两份,两家各自分得一半。

瓜一切开,哇!闪亮的金光迸射而出,瓜里既没有瓢,

又没有籽,竟然传来了阵阵婴儿的啼哭。随着金光慢慢暗淡下来,大家发现瓜里躺着一个白白胖胖眉清目秀的小姑娘!孟员外夫妇又是惊讶,又是欣喜,他们正在为没有儿女而发愁呢,这个冬瓜里生出来的奇妙的小姑娘,难道是上天听到了他们的恳求,赐给他们的礼物?经过和孟婆婆协商,老员外夫妇收养了这个小姑娘,还把孟婆婆也接入府中供养,为她养老送终。

一年一年过去,随着时间的流逝,瓜里生的小姑娘已经十多岁了。员外很富有,就请了老师教女儿读书。读书就得有名字,因为小姑娘既是孟家的,又是姜家的,就取名叫做孟姜女。正好"孟、仲、叔、季"是古人用以区分兄弟姊妹排行顺序的称呼,孟指老大,仲指老二,叔指老三,季指老四。与此同时,因为春秋时姜姓的齐国多出美女,古人也称美女为"姜"。所以,"孟姜"一方面可以解释成姓孟的美女,也可以解释成排行老大的美女。

这个可爱又漂亮的小姑娘,在两家人的照顾呵护之下,一天天地长大了,不仅出落得楚楚动人,而且知书达理,婉约娴雅又聪明伶俐。虽然从小在富贵丛中长大,但没有丝毫娇生惯养的恶习,而是坚强勇敢,独立果断。长到十七八岁的时候,孟姜女的美貌和才能已经远近闻名了,

为警惕北方胡人的入侵,秦始皇征集了上百万的民夫,以大将军蒙恬为监督,开始修筑万里长城。修筑长城是一项

很困难的工程，地质十分复杂，往往某个地方刚刚建好，过不了多久就又坍塌成废墟。当时流行着一种谣言：要想让新修的长城永远牢固不倒，就需要用活人去填筑，每一里城墙要填上一个活人。这样的话，万里长城就需要填上一万个人才能修好。

随着这个谣言慢慢流传开来，筑城的工人个个惊慌失措，生怕自己被监工的官吏捉走，活活填筑在城墙里。正当人人自危之时，不知道从什么地方又传出两句童谣："苏州有个范喜良，一人能抵万人亡。"

童谣像长了翅膀一样飞快地在长城附近流传开来，监督筑城的官吏们听说之后，心想：如果一个范喜良能抵一万人，那把他抓来填长城，就能省下很多麻烦了。于是，官吏们一边上奏秦始皇，一边派人到苏州去找范喜良。

童谣可能只是某些人因为害怕而临时瞎编出来的，但凑巧的是，苏州正好有个文弱书生叫范喜良，他是范员外唯一的儿子，刚刚满十六岁，还没有娶亲。他听说朝廷正在苏州找一个叫范喜良的人，还要把他抓到北方活活填入万里长城，吓得魂飞魄散，抓紧时间草草收拾了简单的行李，背着包袱改变装扮，告别双亲，潜逃到远方去避祸。

范喜良逃出了苏州，一路上白天睡觉，晚上才敢出来赶路，行动谨慎，速度飞快，不停地向南方奔逃。几天过去，他进入了松江府的范围，听到路人都纷然议论说秦始皇在派

人捉拿"一人能抵万人亡"的范喜良，结果却扑了个空，修长城的工人害怕拿自己来填长城，纷纷逃跑，现在又在各处抓人，来补充逃走的民夫了。范喜良正在暗暗庆幸自己逃过一劫，忽然看到北方大路上烟尘弥漫，好像有大批人马赶来捉人一样，于是他慌不择路，翻过身边的一座墙头，跳进路旁的一个庄园的花园之中躲藏，而这个庄园，恰恰属于孟员外。

范喜良在孟府花园里的一棵大棕树下面躲了一会儿，仔细听着墙外的动静，发现并没有什么异常，才慢慢松了一口气。正在他要离开花园重新上路之时，却看到一个正值妙龄的美貌小姐——正是孟姜女——手执一把白团扇，带着一个丫鬟，追着一只蝴蝶从池塘边跑过来，蝴蝶飞得忽上忽下，左右翩然，小姐沿着池岸紧追不舍，拿着团扇反复捕捉，一个不留神，忽然失足掉进池塘里去了。情况危急，丫鬟惊叫着找人来帮忙，范喜良急忙跑过去，"扑通"一声跳入池中，一边拉一边抱，把小姐救到了岸边，他们的衣服全都被池水浸透了。

孟姜女满脸通红，尴尬万分地悄悄打量着眼前的英俊少年，心中满是感激，想要开口，却又不知道说些什么。正在这时，得到消息的孟员外夫妇匆匆赶来，看到女儿安然无恙，连连感谢这个陌生的少年出手相助。经过询问，孟员外得知少年正是要被捉拿的范喜良，是苏州范员外的独生子，因躲避抓捕而潜入花园；见他一表人才，举止落落大方，孟员外十分高兴，就请他入府做客，以答谢救命之恩。

下人把范喜良带去换衣服之后，孟员外暗中琢磨：女儿性命得保当然是老天开眼，只是"男女授受不亲"，他二人在池中多有接触，这该如何是好？考虑来，考虑去，只有招这个范喜良当女婿才能解决问题。当天晚上，孟员外就宣布了自己的决定，为这对天作之合的年轻人举办了婚礼。

范喜良和孟姜女婚后十分恩爱，日子过得蜜里调油，十分美满，孟员外夫妇看在眼里，乐在心里，只可惜好景不长。

原来，孟府的总管孟兴，阴险狡诈，跟孟员外同姓不同宗，眼见孟家财产丰厚，只有一个养女，心中早有非分之想，好几次向孟姜女无事献殷勤，说些不着边际的话，都被孟姜女严词挡了回来。现在，他眼睁睁看着范喜良从天而降，将自己的如意算盘碾得粉碎，简直气不打一处来。于是，当他探听到范喜良正是朝廷捉拿的对象之后，就偷偷报告了官府。

这天一大早，新人夫妇刚刚起床，孟姜女正在梳洗打扮，门外忽然传来嘈杂的人声。孟姜女大惊道："坏了！一定是官府派人来抓你了！"孟姜女赶忙命丫鬟带着范喜良从后门逃出，藏入柴草房里。

凶神恶煞般的公差砸开孟府大门，见人打人见物砸物，

上上下下搜了个遍,也寻不到范喜良的踪迹,最后还是在孟兴的带领下,才在柴草堆里发现了瑟瑟发抖的范喜良。他们瞬间一拥而上,将范喜良暴打一顿,五花大绑,准备交付官府,送去填长城。

临别之时,范喜良泪流满面地对孟员外说:"岳父大人,莫要过分伤心。我承蒙您的厚爱,得与小姐结为夫妇,本来想长久侍奉在您的面前,不料想突然遭此横祸。此去长城,必然凶多吉少,想来必死无疑。小姐青春貌美,万万不可令她青春白耗,请另选高门,再结佳偶,我才可以放心瞑目于九泉之下。"

孟员外夫妇听了,叹息流泪不止。孟姜女经此打击,已然肝肠寸断,几乎哭晕过去,听到这里,她挣扎着站起身来,走到范喜良面前说:"这些话不要再提,我从今天开始尽去妆饰,只全心奉养双亲,期盼你有一天能够回来,尽管我们相隔千里万里,但我的心永远不变,请你一定要保重自己,早日归来!"话还没说完,屋里已然哭成一片。

孟员外叫家人打点了行装银两,一家人目送范喜良慢慢远去,消失在大路的尽头。

花谢花开,一晃眼,范喜良已经被抓走半年多了,期间毫无消息。孟姜女在家无时无刻不在祈祷丈夫平安无事,早日归来团聚。

随着时间的流逝,天气越来越冷了,北风凌厉,万物肃杀，南飞的雁群触动了孟姜女的思念，有一天晚上，她梦见自己来到了长城边上，看到丈夫穿着一件单薄的旧衣，身染重病，躺在地上不住地打寒战，监工却挥舞着鞭子，咆哮着叫他起来去做工。孟姜女发着抖走上前去，扶着丈夫想帮他坐起来，却怎么也使不上力，好像有什么东西拽着她直往下坠，她一着急，使劲一拉，突然惊醒了，才发觉原来是一场梦。但她再也无法入睡了，梦中的情景是那么真实，那么可怕，她怔怔地坐在床上流泪，心里怦怦直跳，想到自己早已给丈夫备好了冬衣，只是路远天寒，父母挂念，无法成行。但现在她再也坐不住了，苦苦恳求孟员外夫妇，他们见女儿心意已定，也就不再阻拦了。

　　孟姜女收拾了丈夫的冬衣，仔细背好，带上行李上了路。不知走了有多远，她面前出现了一条大河，河水湍急，无边无际，目光所及之处，没有桥梁，也没有船只。她万念俱灰地跌坐在岸边，痛哭着一边哀叹自己的遭遇，一边不住地拍打河岸。奇妙的事情发生了，奔腾的河水竟然随着她手掌的拍打，一点一点地退了下去，最后竟然连河床也看得到了。于是，孟姜女就沿着河床，顺利到达了对岸，就在她登上岸的瞬间，河水又恢复了原来的湍急。

　　又不知道过了多久，有一天，孟姜女到了浉墅关。守关的吏卒看到孟姜女孤苦伶仃，又如此年轻貌美，疑心她是从高门里逃出的姬妾，便不怀好意地仔细查问，孟姜女只好把

自己的遭遇和盘托出。关吏询问:"从这里到长城,路途如此遥远,你只身一人,又没有带足银两,怎么能顺利抵达呢?"孟姜女回答说:"我一定要见到范郎,千里算什么,就算万里也不能阻挡我的脚步。至于谋生,我从小学习弹唱,可以卖唱为生,也可以当街乞讨,哪里会无法生存下去呢?"关卒们听说孟姜女习于弹唱,纷纷要求她表演一段,孟姜女为了快点成行,就选了《四季歌》,这是她以自己的遭遇为来源编写的一首歌,至今还流行于江浙一带呢:

春季里来桃花满溪,天作之合结夫妻;
谁知半途风波起,清夜怕听子规啼。
夏季里来荷花满池,对对鸳鸯飞成双;
只望交颈合欢好,无情棒打好悲伤。
秋季里来桂香满枝,忧念我范郎无寒衣;
今朝去把寒衣送,可怜奴家泪沾衣。
冬季里来梅花满岭头,孟姜女寻夫到此来;
千里迢迢奔波走,不知我范郎在何方?

孟姜女悲惨的歌声,使得流云停步,百鸟噤声,那些原来还不怀好意的关吏,竟然也忍不住流下泪来,忙忙叫喊:"快送这女子出关上路!"

经历重重磨难,孟姜女终于来到了长城附近。有一天,她来到了一座高岗之上，看到面前出现三条大路，不知道哪条才是正确的方向，满心焦虑和恐惧。长城这么漫长而宽广，自己的丈夫不知道在什么地方，他还活着吗？他的身体怎么样？正在纠结之间，两只小乌鸦从远处飞来，围着她飞来飞去，哇哇不停地鸣叫。孟姜女十分惊讶，问道："小乌鸦，你们难道是来给我指引方向的吗？"乌鸦们好像听懂了她的疑问似的，围着她又飞了两圈，就选定一条路飞了下去，飞啊飞，飞啊飞，孟姜女跟在后面赶啊赶，赶啊赶，足足走了几十里路。天色慢慢暗了下去，突然从路边的树林里飞出一大群乌鸦，把小乌鸦遮挡得看不见了，孟姜女担心地看着乌鸦们缠斗，过了一会儿，两只小乌鸦竟然冲出包围，继续带着孟姜女向前行进，直至一个村庄，才不见了踪影。

天一点点黑了下去，孟姜女往村子里走，敲开了东头一户居民，请求暂住一晚。前来应门的是一个头发雪白的老人家，自称塞翁，他一见孟姜女，就猜到是来探视丈夫的，他已经接待了很多类似的女子了。塞翁请孟姜女进了门，对她说，从开始修长城以来，无数的人病死累死在长城上，尸骨都填在城墙里。听闻如此，孟姜女更加害怕了。

次日清晨，孟姜女告别了善良的塞翁，终于来到了长城脚下。只见长城雄伟严整，绵延不断，在群山之间随势穿梭，仿佛一条矫捷的灰色长龙。城上满是衣衫褴褛的民夫，个个骨瘦如柴，在严密的监控下艰难工作，稍有懈怠，便会

遭受呵斥和毒打。孟姜女目睹这样的场景，满心担忧和难过。

很长时间里，孟姜女都在民夫中四处打听寻找丈夫的下落，随着时间一点点过去，她的心情越来越不安，最后终于忍不住去询问监工的官吏，官吏却冷冷地回答道："范喜良是个逃犯，抓到之后本来应当马上填入长城，只是因为长城里填的人早就超过了一万，暂时不用他来充数，就放他在长城上干活。没想到他身体那么弱，没几天就得了重病死了，这下也没办法，只好把他填进城里了。"孟姜女忽闻噩耗，瞬间支撑不住，倒在地上失去了知觉。

附近的几个好心民夫把孟姜女抬进了帐篷休息，很久之后，她才慢慢醒了过来，她凝视着眼前没有尽头的冰冷的长城，想到亲爱的丈夫不知被埋在哪块城砖之下，竟连最后一面都没有见到，也许永远都找不到了；又想到千千万万的苦命之人，都已然或即将遭受同样悲惨的命运，而不知多少倚门而待的妻子、母亲和儿女，都在满心希望地等待着这些可能永远无法归去的亲人；至于面前这些现在还活着的民夫，受尽折磨，备尝辛苦，也不过只是走向既定的死路而已。心念及此，孟姜女悲从中来，不禁痛哭失声，无穷无尽的悲伤奔涌而出，身旁的人也随之落下泪来……

过了很长时间之后，孟姜女慢慢平静下来，想到再也无法与丈夫团圆，心如刀绞。她挣扎着站起来决定，自己历尽千辛万苦而来，决不能就这样放手而去，活不见人，死要见尸，找到了丈夫的尸骨，带回家乡好好安葬，也算是不枉夫妻一场。于是，她重新走入民夫之间，顶着寒风和飞雪，逢人就问丈夫尸骨的下落，可是日子一天天过去，却始终没有人能给她一个答案。有人劝告说，天气越来越冷了，在这无尽的长城下找寻一个人的尸骨，这根本是不可能的事情啊！还不如早早放弃，至少能保住自己的性命。但是，孟姜女不为所动，依然执着地寻找着……

又是一天，孟姜女再一次来到长城脚下，无数次的寻找和无数次的失望慢慢累积，到今天她终于再也承受不住了，对着眼前似乎永无尽头的长城，孟姜女放声大哭，一边哭一边哀诉，一边哭一边怨骂，一连哭得天地失色，日月无光。她哭啊，哭啊，不停地哭，不停地哭，不知哭了有多久，突然一阵狂风袭来，飞沙走石，天地颤动，只听"轰隆"一声，长城竟然瞬间坍塌了四十多里。直至风平烟尽，孟姜女慢慢回过神来，看到崩坍的城砖之下，现出了无数具森然的白骨。孟姜女盯着这些无从分辨的尸骨，想起小时候母亲曾给自己讲过滴血认亲的传说，于是便咬破了自己的指尖，把鲜血滴在一具具骨头上，一边滴血一边默默祈祷说："老天保佑！若是范郎的尸骨，就让血浸入骨头里吧！"时间一点点过去，每一具尸骨上的鲜血都流到了一旁，只有一具，血一直浸入了骨头的最深处。经过反复实验，都得到了同样的

结果。于是孟姜女打开身上的包裹,用自己亲手缝制的寒衣,仔细包好了丈夫的尸骨,准备带他回家。

孟姜女背上丈夫的尸骨,刚准备上路。一阵锣鼓喧哗突然从远处传来,原来是秦始皇的銮驾到了。秦始皇十分看重长城的工程,时常率众臣前来视察,刚刚听到巨响,听说有人哭倒了长城,秦始皇勃然大怒,要亲自惩罚孟姜女。

孟姜女被押至秦始皇面前,她非凡的美貌竟然迷倒了秦始皇。好色的秦始皇转怒为喜,温颜引诱孟姜女,想要把她带回宫中。孟姜女心头火起,更加深了入骨的憎恨,但转念一想,何不抓住这个难得的机会,把万恶的秦始皇好好戏弄一番,然后再从容死去。想到这里,孟姜女隐藏怒火,强笑着敷衍色急的秦始皇,要求他完成自己的三件愿望:第一,在鸭绿江造一座美如彩虹的长桥;第二,在范喜良填城之处修一座十里宽十里长的大坟,坟前修庙,称为范王庙,春秋按时祭祀;第三,秦皇要亲自率领文武百官,到范喜良坟前祭奠。为了得到美人,秦始皇对这三个愿望满口答应,十万火急地下令赶快动工。

没过多久,三件事都完成了,秦始皇果然依照诺言,带文武百官祭奠了范喜良。丧礼完毕,秦始皇匆匆催促孟姜女跟他回宫,孟姜女一笑,说道:"陛下急什么?你看此处风景秀丽,长桥巍峨,咱们一起去游览一番怎样?"秦始皇十分欣喜,就带着孟姜女上了桥,突然,孟姜女快步跑到他面前,指着他鼻子骂道:"你这个无道的昏君!你以为我会贪图富贵,出卖自己的丈夫吗?你错了!只有你们这样的衣冠禽兽才会干如此无耻的勾当!你把长城造得这么坚固又有什么用呢?你永远也挡不住人民的怨气!你的江山坐不长了!"说完,就纵身从桥上跳了下去……

秦始皇受到了极大的惊吓,等到他回过神来,赶忙派了很多人试图将孟姜女救上来,结果一无所获,只得无精打采地回了宫……

孟姜女跳桥之后,被东海龙王接入了龙宫,后来又送她上天做了仙人,范喜良也在他们的帮助下成了仙,夫妻俩终于团圆了。

八仙的故事

八仙过海

三月初三,是王母娘娘举办蟠桃盛会、大宴群神的日子。下八洞的神仙也接到了邀请,在瑶池开怀畅饮,喝得酩酊大醉。他们踉踉跄跄驾起祥云,飘飘荡荡降落在了瀛洲。

来到东海边上,只见白浪滚滚,惊涛拍岸,一望无际。忽然,只听"哗啦"一声巨响,海中缥缥缈缈悬浮起一座金碧辉煌的宫殿楼宇,八仙不禁为之咋舌,齐呼:"真胜瀛洲千万倍,海天之间无处寻啊!"

吕洞宾醉眼蒙眬地说:"早就听说东海浩渺,遍藏宝藏,今天亲眼看见,何不乘兴遨游一番?"

老成持重的汉钟离忙劝阻道:"诸位仙长不可鲁莽!那东海龙王兵强将勇,神通广大,如果他闭门谢客,给咱们个闭门羹吃,岂不大煞风景?到时候各位若再借着酒劲,引起祸端,又何苦呢?"

八仙中为首的铁拐李可不听他那一套，他怒眼圆睁，抢白道："咱们都是不畏恶、不欺善的人，那老龙王为何不给咱们开门？再说了，大名鼎鼎的八洞神仙，岂有惧怕鳌龙之理！"众仙听了都面面相觑，不知如何是好。铁拐李放言道："别说那老龙才长了两只角，就是他浑身长角，我老李也敢给他一个个折断！"

汉钟离冷笑一声，说道："仙长真是信口开河，俗话说得好：朋友万言难知己，路人片语可结怨。我们成仙做神，修身养性是本分，怎么能故意挑起事端呢？还是快快离开吧！"

听罢此言，铁拐李火冒三丈，额凸青筋，不管三七二十一，把那龙头拐杖猛地掷入东海的汹涌波涛中，然后轻身一跃，登上拐杖。转眼间，仙杖就变成了劈波斩浪的龙舟，载着铁拐李如离弦之箭一般疾驰而去。

众仙见状，生怕性情急躁的老李遭遇意外，只得各施法术追赶照应。

你瞧，刚才好心劝阻铁拐李的汉钟离，第一个尾随而去。他用自己随身背着的乐鼓作凫水的扁舟，自己袒胸露肚地坐在鼓面上，忽飞浪尖，忽落涛底，怡然自得。

络腮胡须的张果老牵来他的瘸腿小毛驴，依旧倒坐，喊了声："嘚儿——嘟！"凌空扬起一鞭，就见那小毛驴竖直了双耳，昂首嘶鸣，扬起四蹄，踩波踏浪，只听得"嚓——嚓

——"浪花四溅,瘸腿驴却如履平地。

英俊潇洒的韩湘子,敛气凝神,抿抿唇,舔舔舌,十指对准笛眼,轻轻吹奏起美妙的仙乐。那悠扬的曲调直冲云霄,浪姑涛妹欣赏着婉转的乐曲,意醉情迷地闪开一条通道,簇拥着韩湘子,翩翩起舞。

何仙姑背着姹紫嫣红的花篮,篮中盛放着从昆仑山采摘的奇葩异草,馨香扑鼻。碧宫玉宇中的龙婆龙女、海涯岩沟里的虾奴鲤婢,闻到异香,都争先恐后地赶来抢夺彩篮里的鲜花,插上鬓髻。那花篮久取不尽,龙女们干脆用花轿抬了何仙姑进龙宫,热热闹闹,跟过花朝节一般。

手执拂尘的吕洞宾,从腰间解下黄澄澄的宝葫芦,揭开葫芦盖左右摇晃。顷刻间,缕缕雾霭从葫芦里缭绕而出,结成了一朵绚丽的彩云,托住莲花座,浮着吕洞宾,飘飘悠悠像乘小船。

曹国舅敲击着油光溜溜的竹板,奏起民乐俚曲,吟古唱今。鳖臣龟相们听得摇头晃脑,十分惬意。于是国舅爷脚踩着龟背鳖肩,乘风破浪,飞速挺进。

蓝采和不紧不慢,小心翼翼地放下璀璨的玉板,须臾间银光灿烂,飞弧流霞照射龙宫,溅起惊涛骇浪,震得龙宫殿宇瑟瑟摇晃。

那东海老龙王正饮酒作乐呢,赶忙派巡海的夜叉查明情况,原来是八仙醉酒游龙宫,劈波斩浪各显神通。

老龙王听闻勃然大怒："他们实在欺人太甚！不过是几个卖艺杂耍的村夫，得了点法术，就敢这么放肆！"说罢头一摆，便露了原形，张开血盆大口，蹿出海面，一口就衔走了蓝采和的玉板。要知道，那玉板可是凝天地灵气、集日月精华的宝物，照耀得龙宫一时间光华四溢。老龙王欣喜无比，忙邀请了其他龙族兄弟、至亲密友，操办起庆祝酒宴来。

蓝采和丢了无价之宝，八仙后悔莫及，连连埋怨铁拐李一意孤行。铁拐李哪受得了这窝囊气，叫嚷着："好个龙王老儿，不成！咱们也得给他点儿颜色瞧瞧！"话音未落，便一脚踹开龙宫大门，大声叫骂起来："我乃上仙铁拐李，老龙王不讲体面，竟敢在光天化日之下抢劫玉板，若再不交来，我就把你这龙宫夷为平地！"

老龙王毫不惧怕，仰天狂笑道："小小草芥游医，连自己的瘸腿都治不好，还敢来我龙宫圣府狂呼乱叫，真是不自量力！"

铁拐李不同龙王争执，只管把拐杖扔进大海里，铁拐顿时变作万丈巨龙，口喷熊熊火焰，把个龙宫烧成一片火海，虾兵蟹将抱头鼠窜，四散奔逃。其他七仙也都跟了来，这会儿纷纷显出神通，直杀得那老龙王招架不住，连忙抛出避火神珠来抵挡，可还是经不住八仙的合击，只好乖乖捧出玉板，将八仙请回龙宫，奉为上座，赔礼道歉。

　　洋洋得意的铁拐李举起拐杖，化作拂尘，蘸水泼洒，沧海火焰渐渐熄灭。吕洞宾也从宝葫芦里倒出千斛仙水，使得东海重新恢复碧波万顷。

　　这就是世代流传的"八仙过海，各显神通"的故事。

铁拐李成仙

铁拐李得道成仙之前,本名叫李大,出身贫苦人家。

李大小的时候就常常跟随父亲进深山采药,慢慢地,他也粗通了药性,能开些土方子给人配药治病。李大十几岁的时候,父母不幸去世了,只剩他一人孤苦度日。街上有个开药铺的老板见他可怜,又懂点草药知识,便收留了他当伙计。李大每天都忙着浸药、制丸,做着简单而重复的工作,生活上也算有了个依靠。

一天清晨,李大刚把铺门打开,便看到一位白胡子老人站在门口。老人的脸像黄菜皮,手像枯藤根,穿着破衣衫,拄着小木棍,原来是个叫花子。从内屋里走出来的老板远远看到门口的人影,以为来了救急的病人又可以索要高价了,忙一脸堆笑地走过来。白胡子老人见老板过来,便抖抖颤颤地说:"老板,请您行行好!我腿上生了害疽,已经流脓淌

血了,您就给我治治吧!"

老板这才看清老人的寒酸模样,脸上的笑容马上就冷了下来,抬手便撵老人走。李大见老人可怜,赶忙在一旁替老人求情。可老板压根儿就不理睬,见老人不肯走,还唤来看门的大黑狗。大黑狗凶神恶煞地朝老人扑了上去,龇牙咧嘴一通乱咬,把老人的衣衫撕得粉碎,腿脚咬得鲜血淋漓。老人脸皮发白,哆嗦了一下,扑通倒地,昏死过去了。

李大不忍老板的欺凌,忙在店里拿了生肌散和几张膏药,一头冲出店铺,狠狠踢开大黑狗,不顾老板的威吓,抱起受伤的老人就回了家。李大找出紫花地丁、菖蒲根等草药煮了热药汤,给老人洗净伤腿上的脓血,再撒上生肌散,贴上膏药,用布包扎好,然后烧了一大碗糕饼羹汤给老人充饥。

白胡子老人告诉李大,他也姓李,是个云游四方的走方郎中。他耗费了几十年心血,遍访名方,写成了一本医书,就是想传给后人,造福后世。他感激李大的慷慨相助,有心要收这个心地良善的年轻人为徒。从此,李大虽然丢了药铺的差事,却能一心跟着老人学医做药了。光阴似箭,一转眼,三年的光阴过去,李大的医术已能登堂入室,可谓有德又有术。老人见李大能够出师了,便将他的医书郑重托付给了李大,让他接着写下去。李大双膝跪下,双手接过医书,将它仔细收好。做完这件事,老人便站起身来,轻声向空中唤道:"白鹤何在!"一只白鹤从云间翩然而至,老人跨上仙鹤,往天上飞去。李大这才明白,原来白胡子老人就是李老君。他跪在地上很久,目送着恩师归去……

恩师走后,李大走街串巷,到处给人采药治病。有年夏天,突发瘟疫,家家都有人得病,各家药铺的柜台上天天挤满了抢着买药的人。而那个黑心的药铺老板更是乐开了花,还盼着再多来几场瘟疫呢!

这时李大也没闲着,他把从山上采来的草药调配成丸,装在大葫芦里,挨家挨户地去送。病人服了丸药,很快就痊愈了。来药铺的人越来越少,人们在李大的帮助下躲过了一劫。可药铺老板的发财梦也成了泡影,他气恨交加,决心要报复李大。

那天夜里,李大刚给病人送完丸药,正往家里赶,正走过一堆柴火垛的时候,早就躲在后面的药铺老板带着几个伙计,举起铁棒,冲着李大就狠命打去,等李大反应过来,一条腿已经被打断了。

只见夜空中金光一闪,随着一声婉转有力的鹤鸣,李老君飘然而来。药铺老板大惊失色,仓皇逃命,结果绊倒在自己的铁棒下,当场丧命。

李老君扶起李大,帮他接上腿骨,无奈总要比之前的好腿短上一截,老君只好把李大带回天庭,给他用金炉炼了根铁拐杖,从此,李大就成了个拄着铁拐的神仙。他仍旧背着

葫芦云游天下，到处给人治病解难，于是大家尊称他作"铁拐李"。

传说有一段时间，铁拐李化作一个外科郎中，在杭州鼓楼附近的一座无名小桥上，专门给人治烂疮脓包。他宽额、粗眉、高鼻梁、阔嘴巴，黑黝黝的脸上长满了络腮胡子，给人治病，自己两腿上却生了许多烂疮，还是个跛子。他在小石桥边上撑了柄大油伞，面前再摆上个破药箱，白天就坐在伞下看病，晚上则躺在药箱上睡觉。

人们见他这副尊容，都不敢找他看病，直到有一个烂脚三年、遍访名医都无计可施的人，抱着"死马当活马医"的心态来他这儿碰运气。这跛腿郎中仔细查看了伤口，给他贴了一张膏药，病立马就好了。这个消息不胫而走，人们纷纷涌到桥边治病，一时间铁拐李在杭州城里尽人皆知，人们都赞他"赛华佗"。

赛华佗的名声传出去后，杭州那些挂牌的"高手""名医"和药铺老板的生意便一落千丈。他们聚在一起商议着得把这个赛华佗赶出城去。最后，他们凑了一千两银子送到知府那儿，请他帮忙。

这贪心的知府收了贿赂，不问缘由地就差衙役去小石桥边捉回了铁拐李。铁拐李直挺挺地站在大堂上，知府气愤地猛拍惊堂木，高声喝道："大胆刁民，见了本官怎么不跪下！"

铁拐李冷冷地说:"我是个跛子,膝盖骨硬邦邦的,跪不下去。"

知府没办法,只好任他站着。再将铁拐李上下一打量,像是发现了什么奇事儿似的,不怀好意地问道:"赛华佗啊赛华佗,你不是手到病除吗?怎么连自己的一腿烂疮都治不好哇?还是个跛子!哈哈哈哈……"正笑得高兴,知府大人突然觉得后背上有什么东西在爬,痒得难熬,急得不顾体面就伸手到衣裳里去挠。

这边,铁拐李看着知府的窘态,不禁哈哈大笑:"知府大人啊,您真是聪明一世,糊涂一时!这世上各行各业顾不上自己的多得是!盖屋的为啥要住破草屋?养蚕的为啥要穿粗布衣?种谷的又为啥要饿肚肠?管盗贼的官府又为啥暗地里贪赃枉法?这些您怎么不去问一问、管一管呢?"

知府被铁拐李问得张口结舌,就把惊堂木拍得震天响,大声叫道:"住口!来人啊,把他关进死牢!"

退堂后,知府觉得背上痒得更厉害了,忙脱去衣服察看,才发现已经起了个小硬块。这小硬块越挠越痒,越痒越挠,越挠越大,过了半个时辰,竟然肿成了一个大疔疮,直疼得他在床上大喊大叫。夫人想了个主意,叫人去牢里请铁拐李治病。铁拐李给知府的疔疮上贴了一大块狗皮膏药。

哪知一夜过去,知府的背疮不仅没好,反而烂得流脓淌血,隔着三重院子都闻得到恶臭。知府夫人忙叫来铁拐李问

罪。铁拐李揭开膏药,细细看了一番,然后皱了皱眉头说:"别看这疔疮口子小,却是从里面烂出来的。这叫穿心烂,是治不了的。你家老爷是平常做事太狠毒,不讲良心,才得了这个毛病,可与我的药膏没关系!"

卧病在床的知府听到了,又急又气,拍着床沿大声叫道:"来人哪,把他绑了押出去,砍他的脑袋!"刚说完,知府就觉得喘不上气来,翻翻白眼就一命呜呼了。师爷遵照知府的遗命,给铁拐李安上个"妖术惑众"的罪名,把他押赴刑场问斩。

铁拐李被官兵押着走到那座他行医的小石桥,闻讯赶来的老百姓纷纷围上来,把路塞得水泄不通,大家臭骂死去的知府。铁拐李面对乡亲们,朗声说道:"乡亲们啊,官府老爷硬要送我上天,我也没办法啊!"说罢,纵身跳下石桥。

但听得"扑通"一声响,河面上水花四溅,漩涡儿咕噜噜直打转儿。忽然,从水花里冒出一股青烟,"赛华佗"显了他的仙形,还是身背药葫芦,手拄铁拐杖。随着青烟袅袅上升,铁拐李向百姓们挥手告别,徐徐升天而去了。

桥上的人们向铁拐李欢呼致谢,而知府衙门的那群人早就吓得魂儿都没了,连忙跪在地上给他磕头求饶。

虽然过了很久,杭州城的人们还是忘不了铁拐李对他们的恩德,逢年过节总要去小石桥上走走、看看。时间久了,人们都管这座小石桥叫"望仙桥"。

吕洞宾舌战王母

　　吕洞宾的前身,是唐代的一个布衣书生。他自幼父母双亡,孤身一人住在青龙山下,日夜苦读诗书,以成功名。年轻的吕洞宾偶遇蛇精,便结成了恩爱夫妻,却因时人认为人和精怪不得结合,便劝说吕洞宾吞了蛇精娘子五更时吐出的红色珠子,害死了蛇精。后来,他又算错了开坟的日子,导致娘子没能回归阳间,但吕洞宾也因此得了把神剑。为了感怀亡妻,吕洞宾终身未娶。待到吕洞宾成了仙人,那神剑长傍身旁,助他平妖除魔。

　　这天又到了一年一度的蟠桃盛会。王母娘娘精心打扮,在王母池设下盛宴,来款待各路神仙,以庆贺自己的寿辰。各路神仙呢,也倾尽所能,带来各种各样的稀世珍宝,像什么山珍海味啦,金银珠宝啦。王母娘娘喜笑颜开,同大家谈笑风生……

宴席马上就开始了，各路神仙也准备就座，就在这时，王母娘娘突然瞥见吕洞宾姗姗来迟，于是脸上的笑容一下子就没有了，阴沉了脸，众位神仙慌了神，不知道发生了什么，也都纷纷盯着吕洞宾。顿时，王母池里一片寂静。原来呀，王母娘娘向来就不太喜欢吕洞宾，现在又看见他空手而来，怎能不生气呢？于是就吩咐门卫："不准他进来！"

吕洞宾没想到自己会被拒之门外，便冲上前去，怒气冲冲地直接走进了王母池，当着所有神仙的面诘问道："尊敬的王母娘娘，今日你摆宴庆寿，我千里迢迢赶来庆贺，你为何要将我拒之门外呢？"

王母娘娘没想到吕洞宾会直接这样反问自己，又急又气，想了一会儿，阴沉着脸答道："你自己看看，今日在座的都是很有名的神仙，你只是一个小小的散仙，又怎么能入席呢？"刚说完，王母娘娘立刻感到有些不妥。

听完，吕洞宾可是打心眼里高兴，这下可让他抓住了把柄，于是问道："既然您只邀请有名的神仙，那么王灵官、黄飞虎两人又算什么名仙呢？难不成是因为他们带了厚礼，而我却是两手空空，所以才有此番不同的待遇！"

王母娘娘这下可慌了，像受到了巨大的侮辱一般，十分生气，可是又无法反驳，简直不知如何是好，便恨恨地说道："哼，你只是个酒色财气之徒，我不欢迎你。"

吕洞宾听到这话，沉默了一会儿，但又随即反问道：

"王母娘娘,您说在下是酒色财气之徒,有何凭证啊?当着众位神仙的面,您可得说清楚啊。"

王母娘娘这回可算是找到话说了,于是得意地回答道:"上次蟠桃盛会,你当着众人的面喝得酩酊大醉,出尽丑相,这是酒徒;你三次调戏牡丹仙子,丑名远扬,这是色徒;你大闹龙宫,抢夺珠宝,这是财徒;你肆意杀生,此为气徒。所以说你就是一个酒色财气之徒,我没有冤枉你吧?"说完环顾四周,不禁得意地笑了。

吕洞宾笑了笑,问道:"王母娘娘,不知是否容在下分辩分辩?"

王母娘娘本不欲让他分辩,但看到有这么多神仙在场,如果不让吕洞宾分辩那就显得自己不对了,于是只得悻悻地说:"你有啥好分辩的,就请说吧。"

吕洞宾镇静地说道:"先说酒徒之事,如果您不设宴摆酒,我又怎会喝醉?人人各有所爱,何况神仙呢?至于抢宝之事,简直就是谣传、诬赖。砍杀之事分明是我的赫赫战功。依我看呐,王母娘娘你才是酒色财气四样俱全呢!"

这下可不得了了,竟然有人胆敢这样指责王母娘娘。王母娘娘怒不可遏,大声呵斥:"不准胡说!"

吕洞宾才不管王母娘娘的呵斥,他还觉得委屈呢。

其实啊,在吕洞宾成仙之后,四处云游。一日来到桐柏山,发现这里的人民生活在水深火热之中,大地震动,房屋

倒塌。经过他的细细查看，发现原来这一切都是因为一只穿山甲在作怪的缘故。

吕洞宾便召集附近的各路神仙前来商讨如何对付这只穿山甲。众神仙都是愁眉苦脸，说道："这只穿山甲甚是厉害，我等皆无可奈何，还是禀告玉帝，让他派天兵天将前来镇压吧！"吕洞宾听完不禁微微一笑，凭自己的能力就可以办到，又何须上禀玉帝呢？于是就对各路神仙说了，自己便可以制服，让大家不必担心。各位神仙都十分开心地走了。

等各位神仙走了，吕洞宾却又发起愁来。他其实也没有十分的把握来制服这只穿山甲。正当他发愁的时候，太白金星赶了过来，他告诉吕洞宾，这世上啊，有一样东西可以制服穿山甲。那就是定山神针。但问题是，这定山神针其实是王母娘娘头上的玉簪，谁能借得来啊？于是，太白金星又指点吕洞宾一个方法，这王母娘娘身边有一个贴身侍女，名唤牡丹仙子，素有思凡之心，若是吕洞宾能设法打动这位仙子，那事情就有指望了。

恰好那会儿王母娘娘邀请各路神仙赶赴蟠桃大会，于是吕洞宾便和太白金星一块儿驾着祥云而来。

在宴会上，牡丹仙子奉命为各位神仙斟酒，来到吕洞宾面前时，吕洞宾趁接酒之机，轻轻地摸了一下牡丹仙子的手，这牡丹仙子便立刻涨红了脸，低着头退了下去。过了一会儿，又该送蟠桃了，这牡丹仙子犹豫了一下，迟迟疑疑地走到吕洞宾面前，有点害怕又有点期待地将蟠桃送上前去。吕洞宾趁机将装蟠桃的盘子重重地压了一下，牡丹仙子手腕一软，又羞得满面桃花，急忙转身退去，却又忍不住回头看了一眼。

牡丹仙子走到莲花池边，看着池中洁白清高的荷花，不禁思绪万千。刚才吕洞宾的挑逗让她怦然心动，可是心中又隐隐地觉得不安。恰在这时，吕洞宾轻轻地走到了她的后面，侧过头在牡丹仙子的耳畔轻轻地说道："仙子，你是在赏花吗？荷花虽美，却不及你之万一啊。"牡丹仙子吓了一跳，回过头来，见是自己正在思念的吕洞宾，不由得满面羞红，赶紧以袖遮面，说道："你可知天规？"吕洞宾莞尔一笑："我不仅知道天规，还知道仙子的心思。"牡丹仙子低下了头，一言不发。吕洞宾于是趁机说道："仙子是思念人间生活了吧？"牡丹仙子看到已被人识破心思，更是羞得无地自容，只得又低下了头。

吕洞宾便向仙子绘声绘色地描述人间的美好："人间非常漂亮，到处都是青山绿水，鸟语花香，比这里可好多了……"牡丹仙子听他如此说，只把思慕的眼神盯着吕洞宾不放，不禁追问道："你说的，可都是真的？"吕洞宾点头一笑，用手一指，说："仙子，你到这儿来看看，你看那一对夫妇，男耕田来女织布；你再看那一对恋爱的情人，正相拥着在花园里赏花，多么亲密……"吕洞宾回过头来看着牡丹仙子，见她还痴痴地看着人间，于是便想着时机已到，向牡

丹仙子诚恳地说道："仙子，你若是也想去过凡间的生活，我可以帮你。"

"你真的可以帮我吗？"牡丹仙子简直不敢相信自己的耳朵。吕洞宾十分肯定地答应了她。随即提出了自己的要求，那便是仙子必须帮忙偷到王母娘娘的玉簪。仙子答应了，吕洞宾便将一只假的玉簪交给了仙子。

次日，牡丹仙子趁王母娘娘洗头的时候，悄悄地换掉了玉簪。吕洞宾带着这只玉簪回到了桐柏山，果然镇住了为害一方的穿山甲，解救了当地的老百姓。但这件事却不知怎的让王母娘娘知道了一些端倪，于是便开始对吕洞宾有了忌恨。这才发生了今日蟠桃盛会上的那一幕。

想到这些，吕洞宾便觉得委屈，于是便大声说道："依小仙看，王母娘娘您可是名副其实的酒色财气之徒呢。首先你每年都大摆蟠桃盛宴，饮酒作乐，这不是酒徒？其次，你硬生生地拆散了牛郎织女，其实你是暗自嫉妒，这不是色徒？你借蟠桃盛会之际，向众仙收取财物，这不是贪财？只因我没有带礼物前来，你便这样百般刁难，这不是气徒吗？"

王母娘娘这时早就气得浑身哆嗦，一句话都说不出来。吕洞宾却跟没事人似的，挑了个好座位，便坐下了。而各位神仙都是窃笑不止。

这年的蟠桃盛会，王母娘娘大失颜面，吕洞宾却白吃白喝的当了回主角呢。

蓝采和成仙

话说在八仙还没成仙之前,就数这个蓝采和心眼最多,他有真诚善良的好心眼,有雷打不动的实心眼,还有计策百出的通灵心眼……

在蓝采和八岁的时候,便常常做好事了。每次他见到穿得破破烂烂沿街乞讨的可怜人,便悄悄地跑回家里,蹑手蹑脚地溜进厨房,揭开锅盖,拿上一块馍或是一块发糕,跑到街上,追赶上方才那乞讨之人,塞到他手中,看着这位可怜人大口大口地吃下自己拿来的干粮,心里感到很高兴。久而久之,他的父母便发现了这个秘密,但是他们并没有责怪蓝采和,只是感叹道:"儿啊,你心眼好,这不是坏事,只是就连我们也是吃不饱的啊。"

到了蓝采和十岁的时候,他听上山采药的父亲说,进深山采药常常要走黑道,很可能遇上虎豹豺狼等等凶险的

动物，因此必须要有一身硬功夫才好。蓝采和听了这话，便暗暗记在心中，想练就一身好功夫，可以跟随父亲进山采药。从此，他便起早贪黑，每天练拳，即使是刮大风、下大雪也从来不间断。他父亲看见了，心中多有不忍，但看到儿子这般坚持，也不好反对，于是常常从旁指导。一天天过去了，终于功夫不负有心人，他终于练就了一身好功夫。

母亲特地编了个好看的花篮送给蓝采和，父亲从此也总是带着他一起上山采药。据说蓝采和一挥拳就带起一阵风，山上的虎豹豺狼都吓得不敢露面了。于是，蓝采和便成了父亲的得力助手。

就这样，提着美丽花篮的蓝采和与父亲一起，经常进山采药，饿了就吃路边的野菜，渴了就喝山泉，母亲也经常会做很多熟食让父子俩带上。一日复一日，这蓝采和也出落成一个俊小伙了。

在蓝采和十八岁那年，父母双双去世了，剩下他一人，于是他便天天进山采药，同时也四处行医。一天，他提着自己的篮子经过一个美丽的荷花池边，突然看见旁边躺着一个脏兮兮的瘸腿之人。细看之下，这人不禁长得又干又瘦，就连那脏兮兮的腿上也满目疮痍，脓血到处都是。他还时不时伸出手来抓几下。蓝采和看了实在是不忍心，于是拿出自己随身携带的药膏，挤干净他腿上的脓血后敷上。他想着自己的药膏一直很灵，过不了一会儿应该伤口就可以愈合了。可想不到的是，他等了一会儿，那腿上的伤口不仅没有愈合，反而又不停地淌出了鲜血。这下他可纳闷了。

这时这穷汉懒洋洋地翻了一个身，睁开一只眼睛，对蓝采和说道："你以为这样就能治好我腿上的疮啊，你要是真想替我治好，就用你这篮子去荷花池打一篮子水来，将疮口清洗干净，再上药膏。"蓝采和半信半疑，心里直犯嘀咕。只见穷汉却催道："赶紧去吧！年轻人。"

蓝采和急忙跑到荷塘边去打水，可是俗话说得好，"竹篮打水一场空"，他刚把篮子放下去打水，提上来的时候就漏的一滴不剩了。这下可急坏了蓝采和，他在池塘边转来转去，不知如何是好。回头看躺在地上的穷汉，只见这穷汉正微笑地看着自己。这时恰巧走过来一位算命先生。于是，蓝采和急忙上前施礼问好，想让先生给自己指点迷津。这位算命先生哈哈一笑，以一种训斥的口吻说道："真是个榆木脑袋啊！池塘边不是有粘胶泥吗？"说完便离开了。

蓝采和心里虽然有一点不服气，但转念一想，这算命先生说得也不无道理。冲着先生离去的方向道了一声谢谢，便走到塘边用粘胶泥将篮子都给糊上。这下可好了，他打了满满一篮子水回来。可是，当他走到穷汉面前时，只见篮子

里的水早已浑浊不堪。那躺在地上的汉子瞬间生气地指责道:"难道你想用这么脏的水给我清洗伤口吗?你还是打一篮干净的水来吧!"

蓝采和无可奈何地回到了荷塘边,一筹莫展。他只能望着美丽的荷塘发呆。清风吹来阵阵的荷香。这时一个长相俊俏的小媳妇走了过来,她见到蓝采和这般模样,实在是不忍心,于是走上前去,对蓝采和说道:"看这池塘中的荷叶比之粘胶泥如何啊?"

蓝采和顿时醒悟,抬起头来谢过这位善良聪明的小媳妇之后,脱下鞋袜,走到荷塘中去摘了好多片荷叶,回来将篮子包了个严严实实。这下子他可打到一篮子清澈的水啦,还飘着阵阵荷叶香气呢!这时穷汉也笑嘻嘻地看着蓝采和。于是蓝采和给这位穷汉仔细地清洗了伤口,涂上药膏。说也奇怪,不一会儿,这穷汉身上所有的疮口竟然都奇迹般地愈合了,连一点疤痕都没有留下。

穷汉见蓝采和惊讶地看着自己的腿,哈哈一笑,从自己腰间取出装酒的葫芦,塞给蓝采和,说道:"还傻愣着干什么?快喝口酒暖暖身子吧!"蓝采和这时也觉得自己身上有些凉意,于是举起葫芦喝了一大口。喝完就感觉自己神清气爽,飘飘然只想腾云驾雾。瘸腿汉子将篮子往蓝采和手里一塞,笑道:"采和,你已经成仙了!随我一起去蓬莱仙山游玩吧！"

  这时，蓝采和才意识到，这瘸腿汉子便是铁拐李，而那个算命先生和俊俏的小媳妇分别是曹国舅和何仙姑，只见铁拐李将自己轻轻一带，自己便腾空而起了。只见祥云朵朵，自己离地面也是越来越远。于是，蓝采和便随他们一起云游四海了。

张果老倒骑毛驴

张果老原来就是一个穷赶脚的,以赶着毛驴帮人家运送点货物为生,日子过得很是艰难。

这日正午,张果老赶着毛驴来到了一处荒坡上,突然闻到阵阵异香。他早已是饥肠辘辘,这时闻到这诱人的味道,便禁不住喝住毛驴,走下来看看。他发现这香味就是从荒坡旁的破庙中散发出来的,他赶忙进去一看,只见里面支着一口大铁锅,锅里是炖得烂熟的肥肉,四下里却一个人也没有……

张果老感到非常惊奇,他四下里转了转,发现果然没人。那可就管不了那么多啦,他顺手在外面折了两根树枝当筷子,跑进庙来便不管不顾地大口吃起来。

原来啊,破庙附近的一位教书先生为了升天成仙,好不容易找来一只成精了的何首乌,准备炖了吃。可是又怕被别人发现，这才在破庙里支了大铁锅炖肉。等肉炖好了，他赶紧跑回家去取碗筷，却想不到一个朋友正在办喜事，于是他便被拉去写对联去了。

这位先生在朋友家中一直是坐立不安，心中一直牵挂着破庙里的肉。可是又脱不开身，急得是抓耳挠腮。可这边呢，张果老吃得满嘴流油，小毛驴也在外面又踢又叫的。张果老便将锅都端了出来，让小毛驴也解解馋。最后剩下了一点点汤汁，便顺手泼到墙上了。

张果老这下可是心满意足了，正准备躺下来打个盹，忽然看见一个人拿着碗筷急匆匆地向这边赶来。张果老做贼心虚地赶紧爬起来，一屁股倒坐在了毛驴上，鞭子一挥，毛驴飞快地跑了起来，张果老直盯着那个人，生怕被追上。谁知，这张果老因为吃了这仙物，毛驴也是喝了鲜汤的，四蹄早就离开了地面，腾云驾雾地飞了起来。张果老倒骑着毛驴，只觉身轻如燕，形如流水，越飞越远，便愉快地哼起了小曲。

张果老成仙之后，便四处游历，惩恶扬善。话说有一个名叫庆元的地方，此地家家户户都养竹。石竹、毛竹、苦竹、西竹等等，品种繁多。到了每年三月间，竹笋破土而出，人们便都上山挖竹笋尝鲜。新鲜的笋尖又嫩又香，做出的菜肴十分美味。更有些山民将它晒干，销往外地，人们称之为"庆元山珍"。

一日,他云游到此,化作乞丐路经庆元附近。这里住着一个妇人,丈夫很早就死了,只剩下一个儿子。这个妇人十分疼爱这个独子,只要有好吃的好穿的,都让给儿子享受。

妇人的屋后有一片竹林。每到三月,妇人便采摘新鲜的竹笋做菜,将鲜嫩可口的笋尖让给儿子吃,自己就吃又老又硬的笋根。好不容易儿子长大成人了,妇人又拿出所有积蓄,求情告邻,为儿子讨了一个媳妇,生下了一个孙子。不知不觉,这位夫人已是满头白发,成了一个老婆婆了。

但是这媳妇却泼辣得很,总是对老婆婆恶言相向。家里的脏活累活都让老婆婆干。而这个儿子呢,由于从小就是娇生惯养,没有任何主见,是个软骨头,任何事都听媳妇的。就这样,好吃的好穿的都是媳妇的,老婆婆只能忍气吞声地苦挨着日子。所幸还有一个小孙子可以给婆婆带来一点欢乐。

这时,张果老来到门前,只见年轻的夫妇和孩子围坐在桌前,吃着又鲜又嫩的笋尖,津津有味。而门口的破板凳上坐着一位衣衫褴褛的老婆婆,端着饭碗,嚼着那又老又硬的笋根,难以下咽。张果老见此情景,实在是生气,便责备起那媳妇来。

这媳妇见一个破叫花子居然跑来责怪自己,便咆哮道:"哪来的臭叫花子!也敢跑来教训我!还不滚开!"

张果老哭着说:"媳妇呀!这老人就该吃笋根吗?"这媳

妇见张果老语气缓和了下来，自己也没那么生气了，便说道："又不是我们让她吃的，是她自己喜欢吃，我们这才让她吃，这是尊重她的意愿啊！"这时儿子也接过茬来说道："小的时候，娘就总是挑笋根吃，把笋尖都留给我。我问过娘，娘说笋根好吃，她喜欢吃笋根，我们没有违背娘的心愿，我们这是行孝道啊！"

张果老见这二位如此强词夺理，也不便多说什么，便来到这片竹林前，口中念念有词，说道："竹笋啊竹笋，我要你行孝道，让笋尖变得又老又硬，笋根变得又鲜又嫩！"这样一来，老婆婆家里的竹笋变成了孝顺笋，远近驰名。儿子和媳妇知道这是神仙在惩罚他们，苦不堪言，从此也渐渐地开始孝顺起婆婆来了。

张果老呢，又是倒骑着毛驴，云游去了。

话说当初张果老当筷子使的那两根树枝，掉在地上，长成了参天大树，被人们称作"果老树"，那被肉汤泼过的墙壁，简直如铜墙铁壁一般，经世不倒。后来人们便将那座破庙加以修葺，称作"果老庙"，还刻上称赞张果老惩恶扬善的诗文，以示怀念。

韩湘子戏皇帝

韩湘子自由自在云游天下。这天他路过京城，只见金銮殿内锣鼓喧天，满耳丝竹之声。仔细一打听，原来宫中正在为皇帝办寿宴。韩湘子便隐身进入到寿宴之中，只见席上摆着各种山珍海味，享用不尽，阵阵异香扑来。

韩湘子看着这丰盛的酒宴，不禁摇头叹息。这年天干地旱，不少地方河流干涸，大地迸裂，庄稼枯死，路上也是尸横遍野，老百姓哭声震天，苦不堪言。想到这些，韩湘子的心里便隐隐作痛。再看这当朝天子却如此大肆挥霍，浪费奢靡，完全不顾百姓死活。他心中便愈发愤懑不平，想着一定要惩罚一下这位皇帝，为老百姓出口气。

韩湘子飘出宫外，化作一个道人，手持木鱼，走到金銮殿外。但门口的卫士拦住了他，死活不让他进去。韩湘子没办法，便将木鱼敲得咚咚响，口中大喊着："多谢施主，开

开恩呐,开开恩呐!"

这时,金銮殿上的皇帝听见了,生气地说:"哪来的道人,孤王今日庆贺寿辰,本是大吉大利,却碰见你这厮在此化缘,赶走了孤王的福气寿元!给我将这厮拖出去砍了!"韩湘子眼见皇帝发怒,并不惊慌,而是说道:"皇上息怒,您可不能杀无罪之人!请问皇上,我犯了什么罪,您要杀我?"

皇上听了,更是生气:"今日是孤王寿辰,你却跑来化缘,不是化走了孤王的福寿吗?还不知罪?"

韩湘子微微笑了一下,敲了敲木鱼,说道:"皇上,贫道可没有化走您的福寿,反而是来给您祝寿的!"皇上听到此言,立即转变了态度,说道:"好吧,既然你是来送礼的,我就不责怪你了,那你给孤王送什么礼呢?"说着便让卫士将韩湘子送到了面前。

韩湘子装作有点难为情地说:"回皇上,在下的礼物很轻,还请皇上见谅。"皇上回道:"俗话说礼轻情意重,孤王不在乎,只要你有这份心意就好。"说完紧紧盯着韩湘子。

韩湘子便顺着皇帝的话说:"也是。礼物虽小,却是我的一片心意呢。"说着便从自己随身所带的花篮中取出自己吃了一半的瓜子献给皇上,道:"这就是贫道给皇上准备的礼物,还请笑纳。"

皇上一看,十分生气,感觉自己好像被愚弄了一般,呵

斥道："大胆妖道，竟敢戏弄孤王，来人啊，拖出去斩了！"

韩湘子笑着赶紧说道："皇上息怒！您有所不知啊，在下可以让这瓜子马上就结出又大又甜的西瓜，让在场所有的文武大臣都吃上沁人心脾的西瓜。"皇上听了根本就不信，只有三伏天才会长出西瓜，他认为这韩湘子定是又要戏弄自己了。

韩湘子见皇上表现出一脸的不信，说道："皇上稍等，我马上就能让这瓜子长出西瓜来。"只见他将一颗瓜子放在了地面的砖缝里，口中念念有词地说道："长！长！长！"霎时间，这地缝中便发了芽，长出了嫩叶，接着长出了瓜藤，不一会儿便开了花，长出了一个又大又圆的西瓜！

在场所有的人都看傻了眼。韩湘子将西瓜呈上，并用自己随身所带的宝剑切开，请大家吃，皇上和满朝文武吃了都赞不绝口，于是皇上对韩湘子也有了几分尊敬。

皇帝见这个道士有这般能耐，便贪欲不足。他对韩湘子说道："道士，你的法术很高明啊，不知道你还能变出什么，何不变出一些新鲜花样让孤王瞧瞧呢？"

韩湘子见已经取得皇帝的信任，于是赶忙说道："好好好！贫道还有几样法宝，我再变一样礼物送给皇上，皇上见了一定会非常喜欢的！"只见韩湘子举起手轻轻一吹，口中念道："宫娥美女，快快来！"不一会儿，只见七八个长得十分美丽的女子在殿上翩翩起舞。皇帝睁大眼睛一看，被这些美女的美色所迷住了。她们腰若柳枝，口若樱桃，面若桃花，看得皇帝不亦乐乎，高兴地说道："道士，你这礼太重了！孤王要好好赏你！"

韩湘子说道："皇上言重了。我不要赏赐，只要您给点聘金就行。"

皇上毫不在意地说："聘金？你要多少，孤王就给多少！"韩湘子举起花篮，说："不多要，只要这一花篮就够了。"于是，皇上便命人提了花篮去银库装银子。

然后，奇怪的事情发生了。大臣不停地往花篮里塞银子，可是这花篮怎么都填不满。眼见着整个银库都要没了。这时皇帝开始着急了，但是又不好明说，自己答应过的事情如果现在反悔岂不是太丢脸了。他只好又打开其他的银库，可是所有的银库都装不满这个篮子。这时皇帝惊得目瞪口呆，令人拿住韩湘子，喝令道："你这妖孽，我那么多的银子，你都弄哪儿去了？"

韩湘子微微一笑："皇上息怒，您看，那不就是您的银子吗？"说着往天边一指。皇帝顺着他指的方向看去，急忙想找到自己的银子，然而那里怎么可能有呢？韩湘子看着被自己戏耍的皇帝暗自好笑，便趁着这个机会，隐身离开了宫廷。

等皇帝回过神来，韩湘子早已是无影无踪了，把皇帝气得坐都坐不安稳，但见那美妙绝伦的八位美女还在，便觉稍

为宽心，心想虽然损失了这许多银子，但是这些美女日后陪伴在自己身边，便觉兴味无穷。于是他命令这几位美女走上前来，可谁知，随着悠扬的乐声，这些个美女翩翩起舞，竟渐渐地就消失得无影无踪了。

这下皇帝可是怒不可遏了。于是他马上传下诏令，命全天下的军官都去捉拿这道士。只见韩湘子在一片祥云之上，身旁跟着这几位美女，正在天上对着傻乎乎的皇帝笑呢。韩湘子告诉皇帝，他的那些钱，已经被他拿去赈济那些受苦受难的贫穷老百姓了。

令人欣慰的是，为了天下老百姓，各位神仙也常常来指点这位皇帝。渐渐的，这位皇帝变得不再骄奢淫逸，开始认真处理朝政，为百姓着想，成为一位好皇帝了。

何仙姑落马桥

在汨罗山下的某座村庄里,住着一位老婆婆。这位老婆婆可是出了名的坏,总是恶狠狠的,好吃懒做,心狠手辣。在她的身边,有一个童养媳,名字叫做何秀姑。这位何秀姑长得细眉大眼,聪明俊秀,为人也很忠厚善良,很得人喜欢。但是这个婆婆却对秀姑很坏,她每天不仅要下地干活,还要洗衣做饭,砍柴烧水,饲养鸡鸭,更难的是,还要侍奉这位百般挑剔的婆婆。简直可以说是起五更、睡半夜,一点休息的时间都没有。尽管如此,这个婆婆还是不满足,经常打骂秀姑,可怜的秀姑又无力反抗,只能常常暗自落泪。

老太婆要去串门子,叫秀姑看门。待婆婆出去后,秀姑便搬了个板凳坐在门口,一面绣鞋底,一面想着心事。这时候,突然从村头走过来七个叫花子。这些叫花子一个个蓬头垢面、衣衫褴褛、面黄肌瘦的,看着十分可怜。其中一个叫

花子走上前来对秀姑说道:"这位姑娘,你行行好,我们已经五天没有吃东西了,求您随便打发点饭吧!"秀姑听此,实在是为难。如果给吧,婆婆回来肯定又是一番责罚。不给吧,看着他们的可怜模样,心里实在是不忍。只见这几个叫花子苦苦哀求,秀姑把心一横,回身便走到厨房做了一大锅面条。这些饿汉见了这一大锅面条,狼吞虎咽,只一刻便吃得精光。吃罢,谢了秀姑而去。

叫花子刚走不久,这老太婆便回来了,照例是一样一样地查看屋里的东西,看有没有少了的。老太婆发现少了东西,便责问起秀姑。秀姑起初不敢讲,后来被逼得急了,只得道出实情。这老太婆听了可不得了,拿起擀面杖,就逼着秀姑把这些叫花子给追回来,不然的话,就要打断秀姑的腿。

秀姑无奈,只能一边哭一边去追赶叫花子。出了村口,便看见这些叫花子坐在那里歇脚。秀姑只得上前说明来意。叫花子听了,说道:"面是我们吃的,与你无关!"说着便随秀姑一起回到了村子。走到了她家门口,老太婆见到这些叫花子便破口大骂,声称必须让这些叫花子把面条给还回来。没想到的是,这些叫花子二话没说,就照着原样,把面条给吐出来了,随后飘然而去。

老太婆手中拿着擀面杖,简直不敢相信自己的眼睛。但事实如此,她又无可奈何,于是便把气都撒到秀姑身上,对秀姑生气地喊道:"你自作自受,现在你得把这些面条都给吃了!"在婆婆的威逼之下,秀姑没有办法,只能走了过去。谁知自己的手刚刚碰到这面条,面条便一下子就不见了,随后只感到自己身体轻了许多,脚也渐渐离开了地面,朝着叫花子走的方向,飘然而去。

老太婆惊得目瞪口呆,赶紧追去,在村口,只见几片祥云之上站着秀姑和那几位叫花子,一道奔着东南方向而去了。

直到后来,这位老太婆才知道,原来那七位叫花子便是铁拐李、张果老、吕洞宾、曹国舅、蓝采和、韩湘子、汉钟离七位神仙。他们听说秀姑为人善良温和,却常常受婆婆的欺负,因此才化妆成叫花子前来渡她成仙。这位秀姑便是八仙之一的"何仙姑"。

据说天台县城西门,去"琼台夜月"游览,走七里多,就可以看见一个山清水秀的小村庄。在这个村庄的外面,有一座月牙儿似的小拱桥,这便是有名的落马桥。

相传,从前这村里住着一位药农,他无儿无女,非常勤劳。不过由于年代太久远了,大家也不记得他的名字了。只知道他一年四季,都跋山涉水地采药,也不知道他爬了多少座山,淌了多少条水。

有一天,这位药农听人家说,就在离村二十里的地方,有个仙人洞,何仙姑成仙之后就一直住在那里。这位药农心

想，自己常年采药，所认识的药物也不过十之一二，而这位何仙姑可是有名的药仙，自己若能向她请教，一定能收获很多！

于是，他扛着锄头，背着药篓，顺着一条水坑往前走。走了很久，见到前面石壁上有个山洞，离坑底足有四五十丈高。他艰难地爬到了洞口，只见有一男一女正在里面下棋，女的身旁还放着药篓。这位药农心想，这一定便是何仙姑了！于是轻手轻脚地走了进去。而这两位仙人却下棋下得入了神，根本就不知道有人走进来似的。

这药农走到棋局旁，不禁一惊。自己平时也爱下下棋，在远远那也是有点名气的。但今日这棋局，真是见所未见闻所未闻。他看着看着，不觉也入了神。

就在太阳将要落山之时，这两位仙人的这盘棋才是下完了，不觉同时哈哈大笑。他们回过头来，发现身边竟然站着一个人。

何仙姑惊讶地问道："客人从哪里来？要到哪里去？"

药农也已回过神来，急忙施礼答道："请问，仙人可是何仙姑？"何仙姑点了点头。药农便接着说道："小人此次前来，并不是为了别的，只因听闻仙姑素来有药仙之名。而在下于这天台山中的草药，多年来所识也不过十之一二。因此，特来请教。"

何仙姑听罢，微微一笑，说道："原来如此。也难为你，能到这儿来。这天台山中确实有千百种草药,来吧,我一一指给你看。"

药农喜出望外,刚准备提起锄头跟随何仙姑往外走,谁想到锄头柄突然就断掉了,自己的草鞋随之也化为灰尘。他仔细一看,才发现原来是被白蚁所蛀,当下也并不十分在意,仍然是跟随着何仙姑走出。

药农就这样赤着脚跟随何仙姑走到洞外。这时夜色降临,山谷之中百花奇香,沁人心脾。何仙姑领着他一一辨认,不一会儿,连一半都还没完成,夜色降临,就什么都看不见了。

药农这下可发了愁,这里离家至少二十里地。天这么黑,可怎么回去呢?何仙姑知道了他的担心,便安慰他道:"今晚我与吕师兄恰好要去赴华顶莲花盛会,你就在此住宿一宿吧!"说完,便和另一位仙人乘云而去。这时,药农才知道,原来另一位仙人就是吕洞宾。

第二天天刚亮,药农便起身准备回去。可刚出洞口,只见洞外全是悬崖峭壁,深不见底,哪里有路可走呢?

药农无奈地托着下巴,在想这可该怎么办。忽然,空中传来一阵声响,药农抬头一看,原来是何仙姑来了。何仙姑对他说道:"你不必发愁,先进洞内吃点东西吧。吃完我马上送你回家。"药农跟着何仙姑走进洞内,只见洞内的石桌上不知什么时候已经摆满了山珍海味和美酒。药农拿起酒喝

了一口,直觉满口馨香,沁入心脾。虽然如此享受,药农还是担心,这么高的悬崖峭壁,即使有马,又如何能回去呢?

正思忖着,何仙姑手中拿着一把剑娘草走了进来,径直走到石桌旁坐下,编织起来。不一会儿,便灵巧地编出了一匹剑娘草马,惟妙惟肖!

只见何仙姑将这匹草马放在手心,口中念念有词:"剑娘马,剑娘马,快快长大,载着客人快快回家!"

话音刚落,这匹马便活了过来,一下子便跃到地面,朝洞外奔去。不一会儿,又呼啸而进,变成了一匹高大的骏马,昂首长啸。

何仙姑将药农扶上马背,嘱咐他紧闭双眼。剑娘马撒开四蹄,乘风而去。药农只感到耳边风声呼呼,不一会儿就平稳地落了下来。他睁开眼一看,这不就是村外的那座小拱桥吗?剑娘马在药农下马后,向着他连嘶三声,便调转头回去了。

药农高兴地走进村子。可他发现自己竟然一个人都不认识了。好不容易找到自己家门,却发现大门倒塌,墙面损坏,院子里也是杂草丛生。正惊诧之余,村里的人赶来,大家都说:"这屋子已经三世没有人居住了。客人还是到我们家里坐一坐吧!"正说着呢,突然走过来一位白发苍苍的老爷爷,挂着拐杖走进人群,他仔细地端详着这位客人,突然惊讶地喊道:"这不是药农哥哥吗?真想不到你还活着!"听他这么一说,众人都惊呆了。于是药农也就把发生的一切详详细细地跟大家说了一遍。

后来,这位药农便把从何仙姑那里学到的本领全都传给了村里的后生们。这就是为什么至今,天台山还有千百种叫得出名字的珍贵草药的原因。

此后,人们为了纪念这段奇特的经历,将这座村外的小拱桥命名为"落马桥"。

名师导读

一、名著概览

神话,历来是各民族历史长廊中最具绚丽色彩的文明瑰宝,也是先民留给后人的一宗巨大精神财富。神话对我们的深刻影响,远比想象中要大。

在生产力较为低下的远古时代,我们的祖先不甘心屈服于大自然的压力,并在同大自然的较量中探索宇宙万物、认识自身历史,结合着幻想,创造出了许多神奇的故事传说。这些曲折的故事和鲜活的人物,千百年来成为诗人和小说家再创作的源泉,比如大家都熟知的屈原、李白的诗中便引用了许多神话典故。再比如,明清时期,出现了大家都很爱读的小说《西游记》,便是以和禹捣乱的怪猿巫支祁为原型,结合了唐朝玄奘和尚的《大唐西域记》,在民间逐渐形成了孙悟空的故事,最后由文人广搜集、再创作而成的。而其他的例子更是不胜枚举,像小说《镜花缘》改编自《山海经》,

《红楼梦》开篇就借用了女娲补天的传说，各地方戏曲也常常搬演"柳毅救龙女"的故事，等等。

神话看似如稚童的白日梦，实则是民族特性的反映。阅读神话，就能了解民族性格的根源。从保留下来的古代神话片段来看，我们的民族，可以毫不羞愧地说，是一个博大坚忍、自强不息、富于希望的民族，神话里祖先们伟大的利人利己的精神，实在是值得作为后代子孙的我们去学习和发扬的。而中国古代神话中特别强调了神仙圣贤对人民的关爱，这种尚德敬民的价值取向，和西方古代神话强调冒险探索精神的倾向各有千秋，并对之后漫长的历史走向和民族精神的塑造起到了巨大作用，这很值得人们深思。

但出于儒家"子不言怪力乱神"的原则，原本记录零散却熠熠发光的神话片段，在后世被史官有意删改，或给予神异事件以符合实际的解释，或删掉重写，给我们现在重新收集、整理带来了一定障碍。袁珂先生（1916—2001）不惧繁难，他带着孩童般的好奇心，和一个学者应有的严谨求实，对浩瀚的古文献资料考辨真伪，订正讹误，将原本支离破碎的中国神话，自三皇五帝到周秦之际，作了全面、完整、通俗的讲述，写作成《中国古代神话》一书，以及大量考据论著，在还归它本来面目的工作中具有首创之功。

二、知识梳理

1. 上古神话中的"三皇"指的是<u>燧人</u>、<u>伏羲</u>、<u>神农</u>;"五帝"指的是:<u>黄帝</u>、<u>颛顼</u>(zhuān xū)、<u>帝喾</u>(kù)、<u>尧</u>、<u>舜</u>。

2. 传说中的尧帝在位时,发生了很多天灾,他不去治理让别人去治理,说明他不是一个贤明的帝王。这个说法对吗?(答案:错)

3. 下面这些古籍的记载讲述的是哪个神话故事?

(1) 往古之时,四极废,九州裂,天不兼覆,地不周载;火爁焱而不灭,水浩洋而不息;猛兽食颛民,鸷鸟攫老弱。于是女娲炼五色石以补苍天,断鳌足以立四极,杀黑龙以济冀州,积芦灰以止淫水。苍天补,四极正;淫水涸,冀州平;狡虫死,颛民生;背方州,抱圆天。——《淮南子·览冥训》

(答案:女娲炼石补天)

(2) 又北二百里,曰发鸠之山,其上多柘木,有鸟焉,其状如乌,文首,白喙,赤足,名曰:"精卫",其鸣自詨。是炎帝之少女,名曰女娃。女娃游于东海,溺而不返,故为精卫,常衔西山之木石,以堙于东海。漳水出焉,东流注于河。——《山海经》

(答案:精卫填海)

(3) 龙门山,在河东界。禹凿山断门阔一里余。黄河自中流下,两岸不通车马。每岁季春,有黄鲤鱼,自海及诸

川争来赴之。一岁中，登龙门者，不过七十二。初登龙门，即有云雨随之，天火自后烧其尾，遂化为龙矣。——《三秦记》

（答案：鲤鱼跳龙门）

（4）王子乔者，周灵王太子晋也。好吹笙作凤凰鸣，游伊洛之间，道士浮丘公接以上嵩高山。三十余年后，求之于山上，见柏良，曰：告我家，七月七日，待我于缑氏山巅。至时，果乘白鹤驻山头。望之不得到，举手谢时人，数日而去。亦称为王乔、王子晋。

（答案：王子乔驾鹤成仙）

4. 神话故事中出现了许多生僻字，看起来晦涩难辨，却是大家长知识的好机会。后面的故事中生僻字没有注音，在阅读过程中，请记得随时查阅《汉语大字典》，找到它们正确的读音和解释哦！

三、你问我答

1. 中国古代神话中，有一些"知其不可为而为之"的故事，如《精卫填海》《愚公移山》《夸父逐日》等，你认为这些故事反映出了中华民族在幼年时期的哪些精神特质？你是否被其感动，又从中收获了什么道理？

2.《山海经的故事》中，我们讲述了大禹在四方巡游的所见所闻，如果按照大禹的巡视路线，便可画出一幅当时的

四方地图,现在请你拿出纸笔,来担任大禹的史官,完成这幅伟大的《山海经地图》吧!

3. 八仙的传说对民间影响十分深远,大家还记得他们八个人的名字吗?请你通过询问长辈、查阅书籍、搜索网络、参观博物馆等各种方式,找到我们生活中和八仙有关的俗词成语、日常用具,看谁找得又多又快!